小白到大神

新版日語入門

線上音檔 QR Code 朗讀

讀本

60天！6分鐘一天

口說高手 單字圖解 模考實戰

吉松由美、田中陽子、西村惠子、大山和佳子、林勝田 ◎合著

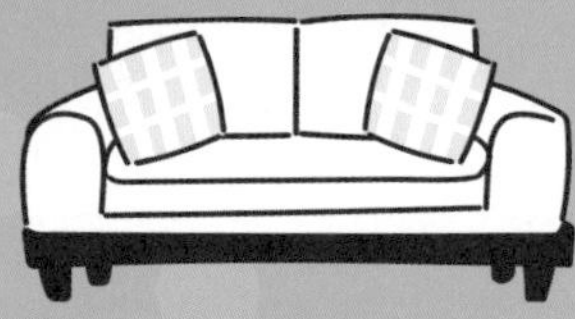

學日語像追劇，6 分鐘一集，還不忘笑出腹肌！
單字記得住？插圖神助攻，記憶就像貼在額頭上！
日檢？不緊張，模考練完後，考場像遊樂場！

感謝各位讀者長期的關注！
這次我們榮幸推出令人期待的新版——
《新版一日語入門讀本，小白到大神：
60 天！ 6 分鐘一天，口説高手、單字圖解、模考實戰》

- **情境主題超豐富**，一看就能聯想到生活中的場景，記憶瞬間加倍！
- **活潑插圖＋單字魔法**，像開了腦洞，記憶力瞬間「秒印」到大腦裡！
- **聽說讀寫全包圍**，在家聽聽、説説、練練，學習效果瞬間拉滿！
- **輕鬆雜誌風格**，一翻開就停不下來，日文學習從此變得時髦又有趣，學習效果一點也不打折！

這本書就像一本神秘寶藏的冒險雜誌，裡頭藏著無數驚喜！
不僅充滿了日本的在地風情，還有瘋狂的慶典場景，讓您一邊學，一邊玩。
最重要的是，這本書超越了傳統的學習模式，不再只是埋頭苦讀！
我們更專注於實際運用，讓您邊讀邊練，真正掌握日語，在生活中自信開口！

哪怕您是日語初學者，也能輕鬆做到與日本人尬聊一整天！
一邊學，一邊不知不覺愛上日本文化，從日常對話到傳統節慶，
這本書就是您學習日語的最強裝備，讓日語不再只是「學科」，而是您的生活技能！

您可能會想問：「這本書到底有什麼特色？」

哦，讓我來給您一一解答，保證聽完您也會迫不及待想要開始這趟學習冒險之旅：

★ 情境連結大解放——用生活化主題點燃您的記憶網路！

每個單元都是一場生活主題派對，充滿了日本人日常最常用的單字和例句，讓日文與現實緊密結合。想像一下，當您身處真實情境，記憶力的開關瞬間被打開，彷彿腦海中有個「日語資料庫」一鍵啟動，輕鬆搞定各種情境表達！這就是即學即用的快感，真正讓學習成為勝利的體驗！

★ 生動插圖視覺呈現——單字記憶新能量，速成記憶達人！

學習日語最怕的就是背單字，一不小心就會一臉懵逼，但別擔心，這本書幫您一舉翻轉學習模式！我們將圖像、文字和聽覺完美結合，多彩豐富的插圖讓單字在您腦中留下深刻的生動印象，再配合標準的日文發音，讓您一見難忘。下次再看到那些物品，您會發現日語單字不再卡嘴，而是輕鬆滑出您的口中，連自己都會覺得驚訝！

★ 聽說讀寫全包攬——動感闖關，實力全開的遊戲之旅！

學日語不再是枯燥地死磕課本，這本書讓您參加一場動感闖關遊戲！學完會話後，馬上進入實戰模式，從聽、說、讀、寫全方位提升，讓您每一關都嗨翻天！看看這些超有趣的挑戰吧：

△ 聆聽單字配對——剛學的單字，立刻用聽力來確認，記憶立馬變深刻！單字再也不是讓您抓狂的噩夢！

△ 對話練習——把喜愛的單字融入對話，一秒變身「話癆王者」，讓您瞬間自信心爆棚！

△ 聆聽對話——挑戰聽懂對話，看看您能不能解鎖新技能，用學習成果輕鬆掌握對話重點！

△ 讀解練習——單字和文法運用全靠它，提升您的閱讀理解力，N5 日檢考場不再怕！

這就像是一場日語大冒險，我們把所有練習巧妙地融入日常生活情境，讓您在學習中不斷探索，發現更多的語言寶藏！遇到問題怎麼辦？別慌，翻翻書，做做題，您會發現每一次的小發現都讓您的日語實力突飛猛進。當您在現實生活中遇到類似情境時，秒變日語達人的時刻到了，您會驚訝於自己能輕鬆對答如流，應對自如，這感覺，簡直不要太爽！

★ 單字聚寶盆——拿起您的記憶寶盒，隨時翻閱再瞭解！

這本書可不只是課本，它就是您的日語單字聚寶盆，裡頭可是藏著無數寶藏！每個單元後，我們貼心地為您整理了那些重要單字，還特別搭配了精美插圖，讓單字不再只是枯燥無味的符號，而是活靈活現的「語言精靈」！

隨時隨地翻閱這個寶盒，哪怕是在上課前、等車時、排隊買咖啡的瞬間，都能抓住寶貴的學習時間，輕鬆鞏固記憶。反覆閱讀這些單字，讓它們深深刻進您的長期記憶裡，像小樹苗一樣慢慢茁壯！您會驚訝地發現，哪怕是每天花一點點時間，積少成多後，您的進步簡直要給自己鼓掌！學習從此變得如此輕鬆有趣，您甚至會懷疑：「這麼快就成了日語高手？」

★ 模擬考試獲取合格證書——測試您的日語超能力！

準備好接受挑戰了嗎？這本書不僅是 N5 自學者的好夥伴，更是日檢考試的終極武器！每一道精心設計的模擬試題，都像是在測試您的潛藏超能力，看看您是否能解鎖新的日語技能。提前體驗考試形式，熟悉日檢的節奏感，考場不再是那個讓人膽戰心驚的地方，而是您大展拳腳的舞台！

這本書就像是一條黃金鋪好的日語之路，幫助您一路通關，順利拿下日語合格證書，成為日檢界的王者！

★ 東京口音大模仿——跟著日籍教師大聲念，秒變地道發音！

您還在苦惱自己的日語發音帶著「奇妙」的腔調嗎？別擔心，這本書附贈了專業日籍教師錄製的標準東京腔音頻，只需掃一下 QR Code，隨時隨地都能開啟高效的日語課程！跟著老師大聲朗讀，您不僅會發現自己的日語口音越來越「正宗」，還會自信滿格，輕鬆培養出敏銳的日文語感和發音能力，一邊記憶，一邊練口說，真正做到一舉兩得！

無論您是自學大神、考試狂人，還是對日本文化充滿熱情的初學者，這本書絕對是您進入日語世界的最佳拍檔！循序漸進的設計，讓您從淺到深，輕鬆提升聽、說、讀、寫的樣樣精通，日語學習變得又有趣又高效，進步看得見！

別再猶豫了！ 與這本書一起踏上語言探險之旅，它絕對會成為您在日語世界中無敵的夥伴，助您登上日語巔峰，無所不能！

目次／目錄

上

下

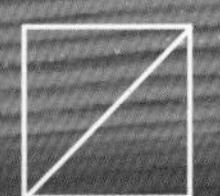

請跟著課程安排，每一課都有精心安排的學習目標、重點、流程和練習，讓你得到最完整的學習。請跟著我們的腳步，從自我介紹到交友聊天、從逛街購物到國內外旅行、從生活興趣到追求夢想，充實的主題內容讓你的日文能力越來越有深度！

清音表

	あ（ア）段	い（イ）段	う（ウ）段	え（エ）段	お（オ）段
あ（ア）行	あ（ア）a	い（イ）i	う（ウ）u	え（エ）e	お（オ）o
か（カ）行	か（カ）ka	き（キ）ki	く（ク）ku	け（ケ）ke	こ（コ）ko
さ（サ）行	さ（サ）sa	し（シ）shi	す（ス）su	せ（セ）se	そ（ソ）so
た（タ）行	た（タ）ta	ち（チ）chi	つ（ツ）tsu	て（テ）te	と（ト）to
な（ナ）行	な（ナ）na	に（ニ）ni	ぬ（ヌ）nu	ね（ネ）ne	の（ノ）no
は（ハ）行	は（ハ）ha	ひ（ヒ）hi	ふ（フ）fu	へ（ヘ）he	ほ（ホ）ho
ま（マ）行	ま（マ）ma	み（ミ）mi	む（ム）mu	め（メ）me	も（モ）mo
や（ヤ）行	や（ヤ）ya		ゆ（ユ）yu		よ（ヨ）yo
ら（ラ）行	ら（ラ）ra	り（リ）ri	る（ル）ru	れ（レ）re	ろ（ロ）ro
わ（ワ）行	わ（ワ）wa				を（ヲ）o
					ん（ン）n

濁音／半濁音表

	あ（ア）段	い（イ）段	う（ウ）段	え（エ）段	お（オ）段
か（カ）行	が（ガ）ga	ぎ（ギ）gi	ぐ（グ）gu	げ（ゲ）ge	ご（ゴ）go
さ（サ）行	ざ（ザ）za	じ（ジ）ji	ず（ズ）zu	ぜ（ゼ）ze	ぞ（ゾ）zo
た（タ）行	だ（ダ）da	ぢ（ヂ）ji	づ（ヅ）du	で（デ）de	ど（ド）do
は（ハ）行	ば（バ）ba	び（ビ）bi	ぶ（ブ）bu	べ（ベ）be	ぼ（ボ）bo

は（ハ）行	ぱ（パ）pa	ぴ（ピ）pi	ぷ（プ）pu	ぺ（ペ）pe	ぽ（ポ）po

拗音表

きゃ（キャ）kya	きゅ（キュ）kyu	きょ（キョ）kyo
ぎゃ（ギャ）gya	ぎゅ（ギュ）gyu	ぎょ（ギョ）gyo
しゃ（シャ）sya	しゅ（シュ）syu	しょ（ショ）syo
じゃ（ジャ）ja	じゅ（ジュ）ju	じょ（ジョ）jo
ちゃ（チャ）cha	ちゅ（チュ）chu	ちょ（チョ）cho
ぢゃ（ヂャ）ja	ぢゅ（ヂュ）ju	ぢょ（ヂョ）jo
にゃ（ニャ）nya	にゅ（ニュ）nyu	にょ（ニョ）nyo
ひゃ（ヒャ）hya	ひゅ（ヒュ）hyu	ひょ（ヒョ）hyo
びゃ（ビャ）bya	びゅ（ビュ）byu	びょ（ビョ）byo
ぴゃ（ピャ）pya	ぴゅ（ピュ）pyu	ぴょ（ピョ）pyo
みゃ（ミャ）mya	みゅ（ミュ）myu	みょ（ミョ）myo
りゃ（リャ）rya	りゅ（リュ）ryu	りょ（リョ）ryo

12 我的日本小旅行

お台場は　きれいでした。おもしろかったです。

看圖記單字
絵を見て覚えよう

▶ T 12.1　聽聽看！再大聲唸出來

1

2

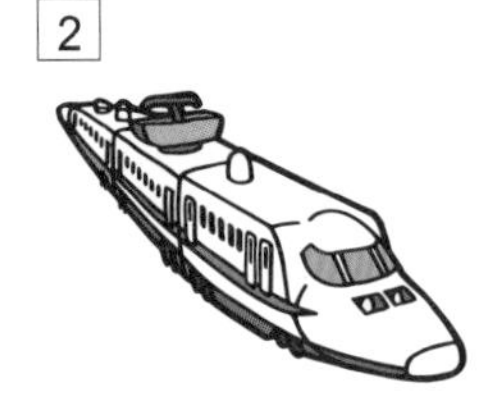

3

4

5

6

7

8

9

10

11

12

13

14

15

1 車（くるま）／車子	5 タクシー／計程車	9 自転車（じてんしゃ）／腳踏車	13 飛行機（ひこうき）／飛機
2 新幹線（しんかんせん）／新幹線	6 パトカー ／警車	10 トラック／卡車	14 ヘリコプター／直昇機
3 電車（でんしゃ）／電車	7 救急車（きゅうきゅうしゃ）／救護車	11 船（ふね）／船	
4 バス／公車	8 バイク／機車	12 フェリー／渡輪	15 ボート／小船

文法重點提要

□［場所］へ（に）／［目的］に	□［到達点／移動先］に
□［場所］へ行きます／来ます／帰ります	□［名詞／な形］でした／じゃありませんでした
□には／へは／とは（とも）	□［い形容詞］かったです／くなかったです
□［交通手段］で行きます／来ます／帰ります	□［い形い］くて、～／［な形な・名詞］で、～

靈活應用
応用編

▶ T 12.2　以下是喜歡假日四處走走的您，一定會需要的話題，請靈活運用下面的例子，跟同伴多多練習。

A：週末は　何を　しましたか。
妳週末做了什麼呢？

B：お台場へ　花火を　見に　行きました。
去了台場看煙火。

A：会場には　何で　行きましたか。
搭什麼去會場的？

B：電車で　行きました。はじめて　ゆりかもめに　乗りました。
搭電車去的。我第一次搭百合海鷗號電車。

A：そうですか。どうでしたか。
這樣啊。感覺如何？

B：お台場は　きれいでした。おもしろかったです。でも、人が　多くて　疲れました。
台場好漂亮，也很好玩，不過，人太多了，好累。

A：そうですか。
這樣喔。

B：それで、友達と　喫茶店で　コーヒーを　飲みました。
所以，我和朋友去咖啡廳喝了咖啡。

▶ 換您表現囉！參考以上對話，以下面的地方為話題，跟同伴練習。

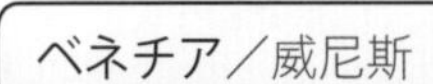

文法重點說明

1 **お台場へ　花火を　見に　行きました。**（去了台場看煙火。）

「[場所] へ（に）/ [目的] に」表示移動的場所用助詞「へ」，表示移動的目的用助詞「に」。「に」的前面要用動詞「ます」形。例如「買います」，就變成「買い」，也就是把「ます」拿掉。

来週　京都へ　旅行に　行きます。（下個禮拜要去京都旅行。）

図書館へ　本を　返しに　行きます。（去圖書館還書。）

「[場所] へ行きます / 来ます / 帰ります」。「へ」前接跟地方有關的名詞，表示動作、行為的方向。同時也指行為的目的地。這時候可以跟「に」互換。可譯作「往…」、「去…」。

喫茶店へ　行きます。（去咖啡廳。）

来月　国へ　帰ります。（下個月回國。）

電車で　学校へ　来ました。（搭電車來學校。）

2 **会 場には　何で　行きましたか。**（搭什麼去會場的？）

「には / へは / とは（とも）」格助詞「に、へ、と…」後接「は」或「も」，有強調格助詞前面的名詞的作用。

この　川には　魚が　多いです。（這條河裡魚很多。）

あの　子は　公園へは　来ません。（那個孩子不會來公園。）

3 **電車で　行きました。**（搭電車去的。）

「[交通手段] で行きます / 来ます / 帰ります」表示用的交通工具，可譯作「乘坐…」；動作的方法、手段，可譯作「用…」。

彼女は　新幹線で　京都へ　行きます。（她搭新幹線去京都。）

4 **はじめて　ゆりかもめに　乗りました。**（我第一次搭百合海鷗號電車。）

「[到達点 / 移動先] に」表示動作移動的到達點。

ここで　タクシーに　乗ります。（在這裡搭計程車。）

今日　成田に　着きます。（今天會抵達成田。）

5 お台場は　きれいでした。（台場好漂亮。）

「[名詞／な形]でした／ではありませんでした」。名詞跟な形容詞的過去式，是將現在肯定的詞尾「だ」變成「だっ」然後加上「た」。敬體是將詞尾「だ」變成「でし」再加上「た」。過去否定式是將現在否定，如「静かではない」中的「い」改成「かっ」然後加上「た」。再接「です」是敬體，禮貌的說法。另外，還有將現在否定的「ではありません」後接「でした」，就是過去否定了。

昨日は　雨でした。（昨天下雨。）

田中さんは　元気でした。（田中先生以前很健康的。）

彼女の　家は　立派では　ありませんでした。（以前她的家並不豪華。）

6 おもしろかったです。（很好玩。）

「[い形容詞] かったです／くなかったです」い形容詞的過去肯定是將詞尾「い」改成「かっ」然後加上「た」。而過去否定是將現在否定式的如「青くない」中的「い」改成「かっ」然後加上「た」。形容詞的過去式，表示說明過去的客觀事物的性質、狀態，以及過去的感覺、感情。再接「です」是敬體，禮貌的說法。

今朝は　涼しかったです。（今天早上很涼爽。）

この　映画は　面白く　なかったです。（這部電影不好看。）

7 でも、人が　多くて　疲れました。（不過，人太多了，好累。）

「[い形い] くて、～」。い形容詞詞尾「い」改成「く」，再接上「て」，表示句子還沒說完到此暫時停頓，和屬性並列（連接い形容詞或な形容詞時）的意思。亦稍有表示原因之意。

この　ベッドは　古くて　小さいです。（這張床又舊又小。）

教室は　明るくて　ひろいです。（教室又明亮又寬敞。）

「[な形な・名詞] で、～」な形容詞詞尾「だ」改成「で」，表示句子還沒說完到此暫時停頓，以及屬性並列（連接形容詞或形容動詞時）的意思。亦稍有表示原因之意。名詞也是一樣。

ここは　静かで　いい　公園ですね。（這裡很安靜，真是座好公園啊。）

あの　アパートは　便利で　安いです。（那間公寓又方便又便宜。）

填填看
やってみよう

▶ T 12.3 **A** 下面所形容的地方是哪裡呢？請從ア、イ、ウ中選出正確答案，並填上。

ア 京都(きょうと)	イ 沖縄(おきなわ)	ウ 北海道(ほっかいどう)

1 □

そこは　静(しず)かです。苦瓜(にがうり)が　有名(ゆうめい)です。
（那裡很安靜。以產苦瓜出名。）

2 □

夏(なつ)は　涼(すず)しく、冬(ふゆ)は　とても　寒(さむ)い　ところです。
雪祭(ゆきまつ)りが　有名(ゆうめい)です。
（夏天很涼，冬天很冷的地方。以雪祭出名。）

3 □

そこは　きれいです。金閣寺(きんかくじ)が　有名(ゆうめい)です。
（那裡很美麗。以金閣寺出名。）

▶▶ 答案詳見P140

▶ T 12.4 **B** 請聽聽MP3中男、女的對話，他們所談論是怎麼樣的城市呢？請將他們所用的形容詞打勾。

1
□ にぎやか（な）／熱鬧（的）
□ 静(しず)か（な）／安靜（的）

2
□ 汚(きたな)い／ 骯髒的
□ きれい（な）／漂亮；乾淨（的）

3
□ 静(しず)か（な）／安靜（的）
□ にぎやか（な）／熱鬧（的）

4
□ 古(ふる)い／舊（的）
□ 新(あたら)しい／新（的）

5
□ 冷(つめ)たい／冷漠（的）
□ 親切(しんせつ)（な）／親切（的）

6
□おもしろい／有趣的
□つまらない／無聊的

▶▶ 答案詳見P140

對話練習
話してみよう

▶ T 12.5 參考圖 1 對話，然後跟同伴練習 2 到 4 。另外，最後一句日文紅字，就請自由發揮囉！

A：日曜日(にちようび)、**鎌倉**(かまくら)へ　行(い)きました。
星期日我去了鎌倉。

B：誰(だれ)と　行(い)きましたか。
跟誰去呢？

A：**友達**(ともだち)と　行(い)きました。
跟朋友去。

B：何(なに)で　行(い)きましたか。
坐什麼去呢？

A：**電車**(でんしゃ)で　行(い)きました。**鎌倉**(かまくら)**には　有名**(ゆうめい)**な　大仏**(だいぶつ)**が　あります。**
坐電車去。鎌倉有著名的大佛。

換掉紅色字就可以用日語聊天了～

1

友達(ともだち)**／鎌倉**(かまくら)**／電車**(でんしゃ)
朋友／鎌倉／電車

2

妹(いもうと)**／名古屋**(なごや)**／新幹線**(しんかんせん)
妹妹／名古屋／新幹線

3

彼(かれ)**／横浜**(よこはま)**／車**(くるま)
男朋友／橫濱／車

4

同僚(どうりょう)**／九州**(きゅうしゅう)**／飛行機**(ひこうき)
同事／九州／飛機

▶▶ 其它參考對話詳見P140

▶ 這個星期日您有什麼計畫呢？參考上面的對話，跟同伴練習。

讀解練習
読んでみよう

▶ 請閱讀以下短文，試著回答下列問題。

閱讀

友だちと　ラスベガスへ　遊びに　行きました。そして、絶叫マシンに　乗りました。絶叫マシンは、300メートルぐらいから　下へ　落ちます。とても　速く、怖かったです。でも、夜景には　感動しました。とても　きれいでした。ベガス　ありがとう。

1 この　人は　何を　しましたか。

❶ 友だちと　遊びました。
❷ ラスベガスへ　絶叫マシンに　乗りに　行きました。
❸ 絶叫マシンを　下へ　落としました。
❹ 夜景に　感動しました。

2 何が　きれいでしたか。

❶ 友だち　❷ ラスベガス　❸ 絶叫マシン　❹ 夜景

翻譯　解答

我跟朋友去了拉斯維加斯玩。然後，我們坐了高空驚險遊樂設施。那個高空驚險遊樂設施從300公尺左右的高度向下俯衝，速度非常快，嚇死人了。不過，夜景讓人看得很感動，漂亮極了。維加斯，謝謝你。

---

1 這個人做了什麼？

❶ 跟朋友遊玩。　❷ 為了坐高空驚險遊樂設施去拉斯維加斯。
❸ 高空驚險遊樂設施向下俯衝。　❹ 夜景看得很感動。

2 什麼很漂亮呢？

❶ 朋友　❷ 拉斯維加斯　❸ 高空驚險遊樂設施　❹ 夜景

答案：1 1，2 4

Lesson 12

N5單字總整理！

剛上完一課，快來進行單字總復習！
在日檢考試前，幫您做好萬全準備！

交通工具

はし
橋（橋，橋樑）

ちかてつ
地下鉄（地下鐵）

ひこうき
飛行機（飛機）

こうさてん
交差点
（十字路口）

タクシー【taxi】
（計程車）

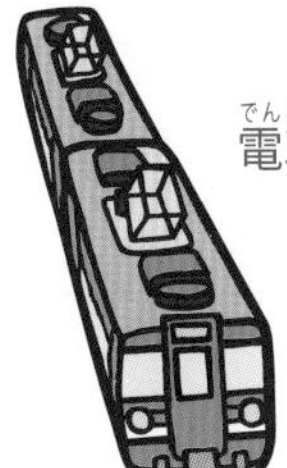

でんしゃ
電車（電車）

えき
駅
（〈鐵路的〉車站）

くるま
車（汽車）

じどうしゃ
自動車
（車，汽車）

じてんしゃ
自転車
（腳踏車）

バス【bus】
（巴士，公車）

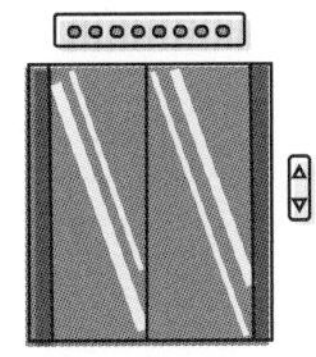

エレベーター
【elevator】
（電梯，升降機）

まち
町（城鎮；街道）

みち
道（路，道路）

模擬考題

一、文字、語彙問題

もんだい1 ＿＿の　ことばは　ひらがな、カタカナや　かんじで　どう　かきますか。1・2・3・4から　いちばん　いいものを　ひとつ　えらんで　ください。

① この　地図は　あたらしいですか。ふるいですか。

1　ちず　　2　じつ　　3　ちづ　　4　ちざ

② でんしゃの　きっぷは　どこで　かいますか。

1　雷車　　2　雲車　　3　需車　　4　電車

③ えきの　まえに　じてんしゃが　たくさん　あります。

1　白転車　　2　自転車　　3　自伝車　　4　自軒車

④ こうさてんで　しんごうを　まちます。

1　交差天　　2　交差店　　3　文差点　　4　交差点

⑤ たくしいは　どの　みちを　いきますか。

1　クタシー　　2　タクシー　　3　クタツー　　4　ヌクシー

⑥ かいだんの　まえに　エレベーターが　あります。

1　えれべいたあ　　2　えねべえたあ　　3　えれべえたあ　　4　えねべえぬあ

もんだい2 （　　）に　なにを　いれますか。1・2・3・4から　いちばん　いいものを　ひとつ　えらんで　ください。

① たなかさんは　まいにち　（　　）で　がっこうへ　いきます。

1　じどうしゃ　　2　じてんしゃ　　3　でんしゃ　　4　かいしゃ

② （　　）で　10かいに　行きます。

1　エレベーター　　2　カレンダー　　3　タクシー　　4　セーター

もんだい3 ＿＿＿の　ぶんと　だいたい　おなじ　いみの　ぶんが　あります。1・2・3・4から　いちばん　いいものを　ひとつ　えらんで　ください。

① らいげつ　アメリカへ　りょこうに　いきます。

1　らいげつ　アメリカへ　あそびに　いきます。
2　らいげつ　アメリカへ　べんきょうに　いきます。
3　らいげつ　アメリカへ　しごとに　いきます。
4　らいげつ　アメリカへ　れんしゅうに　いきます。

2 <u>きのうの　テストは　むずかしく　なかったです。</u>

1　きのうの　テストは　つまらなかったです。

2　きのうの　テストは　よく　できませんでした。

3　きのうの　テストは　かんたんでは　ありませんでした。

4　きのうの　テストは　やさしかったです。

二、文法問題

もんだい1　（　　　）に　何を　入れますか。1・2・3・4から　いちばん　いいものを　一つ　えらんで　ください。

1 A「とても　おおきな　としょかんですね。」
B「そうですね。この　としょかん（　　　）ふるい　本も　たくさん　ありますよ。」

1　には　　2　へは　　3　では　　4　とは

2 えきから　たいしかんまで　バス（　　　）　行きます。

1　に　　2　で　　3　が　　4　へ

3 わたしは　まいばん　おふろ（　　　）　はいります。

1　で　　2　を　　3　に　　4　が

4 きのうは　さむかったですが、きょうは（　　　）。

1　あたたかかったです　　2　あたたかいでした

3　あたたかくないです　　4　あたたかくでは　ありません

5 こうえんの　はなは　とても（　　　）。

1　きれかったです　　2　きれくなかったです

3　きれくないでした　　4　きれいでした

6 あねの　あたらしい　カメラは（　　　）かるいです。

1　小さいくて　　2　小さくて　　3　小さいで　　4　小さいと

もんだい2　＿★＿に　入る　ものは　どれですか。1・2・3・4から　いちばん　いいものを　一つ　えらんで　ください。

1 田中「山田さんは　きのう　何を　しましたか。」
山田「ともだち　＿＿　＿＿　＿★＿　＿＿　に　いきました。」

1　デパート　　2　へ　　3　と　　4　かいもの

2 鈴木「＿＿　＿＿　＿★＿　＿＿ですね。」
本木「ありがとう　ございます。」

1　長くて　　2　髪　　3　な　　4　きれい

文法重點提要

- □［名詞］は［動詞辞書形］ことです
- □ 動詞普通形
- □［名詞の／普通形］のとき
- □［名詞］が［好き／嫌い／上手／下手］です
- □ ～のが
- □［動詞た形］り［動詞た形］りします
- □［動詞］ましょう／ましょうか
- □［理由］で

靈活應用 応用編

會說日語不稀奇，會用日語跟日本人聊天才厲害！「你的興趣是什麼呢？」，像這樣問人家喜歡做的事，就是個不錯的聊天話題喔！讓我們一起用日語聊天，談談彼此吧！

▶ T 13.2 怎麼說自己的興趣呢？跟同伴練習下面的對話吧！

A：青木さんの　ご趣味は　何ですか。

青木小姐的興趣是什麼呢？

B：料理を　つくることです。お客さんが　来たとき、ごちそうを　作ります。

我喜歡烹飪。有客人來時，我會煮很多好吃的東西。

A：青木さんは　料理が　上手ですね。

青木小姐的廚藝很高明喔。

B：いいえ、まだまだです。高橋さんの　ご趣味は？

哪裡，還差得遠。高橋先生的嗜好呢？

A：私は　映画を　見るのが　好きです。

我喜歡看電影。

B：どんな　映画を　見ますか。

什麼類型的電影呢？

A：アクション物を　見たり、ＳＦを　見たり　します。ラブストーリーは　好きでは　ありません。

我喜歡看動作片和科幻片，不喜歡愛情片。

B：では、日曜日　映画を　見に　行きましょう。

那麼，我們星期天去看電影吧。

A：せっかくですが、今度の　日曜日は　接待ゴルフで　時間がありません。土曜日では　どうですか。

謝謝妳的邀請，但是，這個星期天我要去陪客戶打高爾夫球，沒有空。星期六可以嗎？

B：いいですよ。

好呀。

文法重點說明

1 **青木さんの　ご趣味は　何ですか。**（青木小姐的興趣是什麼呢？）

「ご（名詞）」接在漢字詞前面表示尊重或莊重。加在表示自己為對方所做的動作詞前面，表示謙遜。

ご両親は　お元気ですか。（您父母身體安康嗎？）

私が　ご案内します。（由我來帶路。）

2 **料理を　つくることです。**（烹飪。）

「[名詞] を [動詞辭書形] ことです」中的「動詞辭書形」相對於「動詞ます形」，動詞基本形（或叫普通形）說法比較隨便，一般用在關係跟自己比較親近的人之間。因為辭典上的單字用的都是基本形，所以又叫辭書形。基本形怎麼來的呢？請看下面的表格。

五段動詞	拿掉動詞「ます形」的「ます」之後，最後將「い段」音節轉為「う段」音節。 かきます→かき→かく　　ka-ki-ma-su→ka-ki→ka-ku
一段動詞	拿掉動詞「ます形」的「ます」之後，直接加上「る」。 たべます→たべ→たべる　　ta-be-ma-su→ta-be→ta-be-ru
不規則動詞	します→する　　きます→くる

靴下を　はく。（穿襪子。）

毎日　8時間　働く。（每天工作 8 小時。）

3 **お客さんが　来たとき、ごちそうを　作ります。**（有客人來時，我會煮很多好吃的東西。）

「[名詞の / な形容詞な / 普通形] とき」。表示與此同時並行發生其他的事情。前接動詞辭書形時，跟「するまえ」、「同時」意思一樣，表示在那個動作進行之前或同時，也同時並行其他行為或狀態；如果前面接動詞過去式，跟「したあと」意思一樣，表示在過去，與此同時並行發生的其他事情或狀態。可譯作「…的時候…」。

10 歳の　とき、入院しました。（10 歲時有住院。）

暇な　とき、公園へ　散歩に　行きます。（空閒時會到公園散步。）

妹が　生まれた　とき、父は　外国に　いました。

（妹妹出生的時候，父親在國外。）

4 私は　映画を　見るのが　好きです。（我喜歡看電影。）

「[名詞] が [好き / 嫌い / 上手 / 下手] です」。「が」前接對象，表示好惡、需要及想要得到的對象，還有能夠做的事情、明白的事物，以及擁有的物品。

彼女は　日本料理が　好きです。（她喜歡日本料理。）

5 私は　映画を　見るのが　好きです。（我喜歡看電影。）

「[名詞修飾短語] の（は / が / を）」。「の」具有人、物、場所、時間、理由等意思。前面接名詞修飾短句，使其名詞化，成為後面主語或目的語。

この　大きいのが　いいです。（這個大的比較好。）—物

彼に　会ったのは　昨日です。（見到他的時間是昨天。）—時間

6 アクション物を　見たり、ＳＦを　見たり　します。（我喜歡看動作片和科幻片。）

「[動詞た形] り [動詞た形] りします」表示動作的並列，從幾個動作之中，例舉出 2、3 個有代表性的，然後暗示還有其他的。這時候意思跟「や」一樣。可譯作「又是…，又是…」；還表示動作的反覆實行，說明有這種情況，又有那種情況，或是兩種對比的情況。可譯作「有時…，有時…」。

ゆうべは　友達と　飲んだり、食べたり　しました。

（昨晚和朋友又是喝酒、又是吃飯。）

土曜日は　散歩したり、ギターを　練習したり　します。

（禮拜六有時散步、有時練吉他。）

7 では、日曜日　映画を　見に　行きましょう。（那麼，我們星期天去看電影吧。）

「[動詞] ましょう」表示勸誘對方跟自己一起做某事。一般用在做那一行為、動作，事先已經規定好，或已經成為習慣的情況。也用在回答時。可譯作「做…吧」。

９時半に　会いましょう。（就約九點半見面吧。）

一緒に　帰りましょう。（一請回家吧。）

另外，補充「[動詞] ましょうか」這個句型，它有兩個意思，一個是表示提議，想為對方做某件事情並徵求對方同意。另一個是表示邀請，相當於「ましょう」，但是是站在對方的立場著想才進行邀約。可譯作「我來…吧」、「我們…吧」。

寒いですね。窓を　閉めましょうか。（好冷喔，我來把窗戶關起來吧？）

大きな　荷物ですね。持ちましょうか。（好大件的行李啊，我來幫你提吧？）

8 **今度の　日曜日は　接待ゴルフで　時間がありません。**（這個星期天我要去陪客戶打高爾夫球，沒有空。）

「[理由]で」為什麼會這樣呢？怎麼會這樣做呢？表示原因、理由。可譯作「因為…」。

私は　風邪で　頭が　痛いです。（我因為感冒所以頭很痛。）

地震で　電車が　止まりました。（因為地震，電車停下來了。）

趣味(しゅみ)は何(なん)ですか。

你的興趣是什麼呢？

對話練習 話してみよう

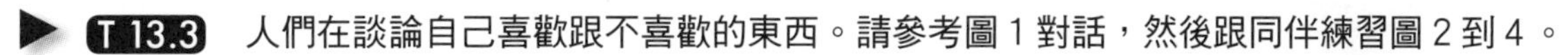

▶ T 13.3 人們在談論自己喜歡跟不喜歡的東西。請參考圖 1 對話，然後跟同伴練習圖 2 到 4 。

A： 高橋(たかはし)さん、**どんな　スポーツ**が　好(す)きですか。
高橋小姐喜歡什麼運動呢？

B： **テニス**が　好(す)きです。
喜歡打網球。

A： **サッカー**は　どうですか。
那足球呢？

B： そうですね。**サッカー**は　ちょっと……。
嗯，足球就不太喜歡……。

A： では、日曜日(にちようび)は　**テニスを　しましょう**。
那麼，我們星期日去打網球吧！

▶▶ 其它參考對話詳見P141

▶ 好好表現一下囉！參考上面的說法，跟同伴說說自己所喜歡跟不喜歡的事物。

連連看
やってみよう

▶ **T 13.4** 下面這些人各有各的拿手的項目，請把它們連起來。

▶▶ 答案詳見P141

▶ **T 13.5** 公司的年度運動會快到了，各部門都要選出各項適當人選，請參考例句，跟同伴練習對話。

A：佐藤さんは　ゴルフが　上手ですか。
佐藤小姐很會打高爾夫球嗎？

B：いいえ、上手では　ありません。
不，不會。

A：水泳は　どうですか。
那游泳呢？

B：水泳は　上手です。
很會游泳。

聽力練習
聞き取り練習

▶ **T 13.6** 中山小姐跟橋本先生各有哪些嗜好呢？請幫他們打勾。

ゴルフを する／打高爾夫球

歌(うた)を 歌(うた)う／唱歌

ギターを 弾(ひ)く／彈吉他

料理(りょうり)を する／做菜

▶▶ 答案詳見P141

填填看
やってみよう

▶ 請從下面左邊的１到10項中，選出自己喜歡跟不喜歡，還有拿手跟不拿手的項目，各三項，然後填在右邊的格子裡。

1 ゲームを する
／打電玩

2 写真(しゃしん)を 撮(と)る
／拍照

3 釣(つ)りを する
／釣魚

4 山(やま)に 登(のぼ)る・
山(やま)を 登(のぼ)る／爬山

6 歌(うた)を 歌(うた)う
／唱歌

7 花(はな)を 生(い)ける
／插花

8 映画(えいが)を 見(み)る
／看電影

9 習字(しゅうじ)を する
／寫書法

10 ドライブを する
／（開車）兜風

11 スケートを する
／溜冰

12 将棋(しょうぎ)を 指(さ)す
／下將棋

13 音楽(おんがく)を 聞(き)く
／聽音樂

好(す)き／喜歡	嫌(きら)い／不喜歡	上手(じょうず)／拿手	下手(へた)／不拿手

讀解練習
読んでみよう

▶ 請閱讀以下短文，試著回答下列問題。

閱讀

私の　趣味は、お出かけすることです。休みの　ときは、買い物を　したり、外食を　したりします。金曜の　夜は、友達と　カラオケに　行きました。J－POPが　好きです。それから、ケーキ食べ放題に　行きました。土曜日は、彼と　海へ　ドライブに　行きました。彼は　運転が　上手です。日曜日は　雨で　家に　いました。

1　この　人は　何が　好きですか。

❶ 買い物や　外食を　しに　出かけること　❷ カラオケで　歌うこと
❸ ケーキを　たくさん　食べること　❹ 車を　運転すること

2　この　人は　いつ　出かけませんでしたか。

❶ 金曜日　❷ 土曜日　❸ 日曜日　❹ 毎日　出かけました。

翻譯　解答

我的興趣是出門到處玩。放假的時候，我會去買買東西、吃吃外食。星期五晚上，我跟朋友去了卡拉OK。我喜歡日本的流行音樂。接著，我們去吃了蛋糕吃到飽。星期六，我跟男友開車去了海邊兜風。男友的開車技術很好。星期天因為下了雨，所以待在家裡。

1　這個人喜歡什麼呢？

❶ 出門買東西、吃外食　❷ 在KTV唱歌　❸ 吃很多蛋糕　❹ 開車

2　這個人什麼時候沒出門呢?

❶ 星期五　❷ 星期六　❸ 星期天　❹ 每天都出了門。

答案：1 1，2 3

Lesson 13

N5單字總整理！

剛上完一課，快來進行單字總復習！
在日檢考試前，幫您做好萬全準備！

娛樂

映画（えいが）（電影）

音楽（おんがく）（音樂）

レコード【record】
（唱片）

テープ【tape】
（膠布；錄音帶，卡帶）

ギター【guitar】
（吉他）

歌（うた）（歌，歌曲）

絵（え）
（圖畫，繪畫）

カメラ【camera】
（照相機；攝影機）

写真（しゃしん）
（照片，相片，攝影）

フィルム【film】
（底片，膠片；影片；電影）

外国（がいこく）
（外國，外洋）

国（くに）
（國土；故鄉）

荷物（にもつ）
（行李，貨物）

模擬考題

一、文字、語彙問題

もんだい１＿＿＿の　ことばは　ひらがな、カタカナや　かんじで　どう　かきますか。１・２・３・４から　いちばん　いいものを　ひとつ　えらんで　ください。

1. らいねんの　なつやすみは　外国へ　いきます。
   1　かいごくう　　2　がいこく　　3　がいごく　　4　かいこく

2. わたしは、じぶんの　国で　にほんごを　べんきょう　しました。
   1　こく　　2　くち　　3　ぐに　　4　くに

3. しゃしんを　とりましょうか。
   1　取　　2　拍　　3　撮　　4　摂

4. ともだちと　カラオケで　うたを　うたいます。
   1　劇　　2　歌　　3　可　　4　哥

5. おとうとの　しゅみは　ふるい　れこーどを　あつめる　ことです。
   1　ルコード　　2　レユード　　3　レコード　　4　レロード

6. ふぃるむを　かうのを　わすれました。
   1　フィレム　　2　ラィルム　　3　フィレム　　4　フィルム

もんだい２　（　　　）に　なにを　いれますか。１・２・３・４から　いちばん　いいものを　ひとつ　えらんで　ください。

1. （　　　　）を　きくのが　すきです。
   1　しんぶん　　2　こうちゃ　　3　おんがく　　4　おはし

2. りょこうちゅう　みんなで　（　　　　）を　たくさん　とりました。
   1　はがき　　2　てがみ　　3　しゃしん　　4　ポスト

二、文法問題

もんだい１　（　　　）に　何を　入れますか。１・２・３・４から　いちばん　いいものを一つ　えらんで　ください。

1. 中川「山田さんは　やすみの　ひ　いつも　何を　しますか。」
   山田「せんたくを　（　　　）　そうじを　（　　　）　します。」

   1　しながら／しながら　　2　したあとで／したあとで
   3　したり／したり　　4　してから／してから

② A「あかい　かばんと　あおい　かばんが　あります。どちらが　いいですか。」
B「あかい（　　　）が　いいです。」

1　に　　2　の　　3　で　　4　と

③ 雪（　　　）　でんしゃが　とまりました。
1　は　　2　を　　3　で　　4　と

④ 田中「山田さん。バスていまで　いっしょに　（　　　）ましょう。」
山田「そうしましょう。」

1　行って　　2　行き　　3　行った　　4　行く

⑤ 日本では　ごはん　を　（　　　）　とき　はし　を　つかいます。
1　食べる　　2　食べた　　3　食べて　　4　食べ

⑥ 山田「ジョンさんは　どんな　りょうり（　　　）　すきですか。」
ジョン「わたしは　すし（　　　）　すきです。」

1　は／は　　2　を／を　　3　が／が　　4　で／で

もんだい2　＿★＿に　入る　ものは　どれですか。1・2・3・4から　いちばん　いいものを　一つ　えらんで　ください。

① 田中「この　しゃしんは　とても　きれいですね。」
山田「これは　きょねん　わたしが　アメリカ　＿＿　＿＿　＿★＿　＿＿

とった　しゃしん　です。」

1　いった　　2　へ　　3　とき　　4　に

② 山田「田中さん。この　カメラは　どうですか。」
田中「これは　使うのが　難しいですね。＿＿　＿＿　＿★＿　＿＿　いいです。」

1　の　　2　べんりな　　3　が　　4　もっと

14 令人食指大動的日本料理

塚本さんは、いつも　朝ご飯に　何を食べますか。

看圖記單字
絵を見て覚えよう

▶ T 14.1 聽聽看！再大聲唸出來

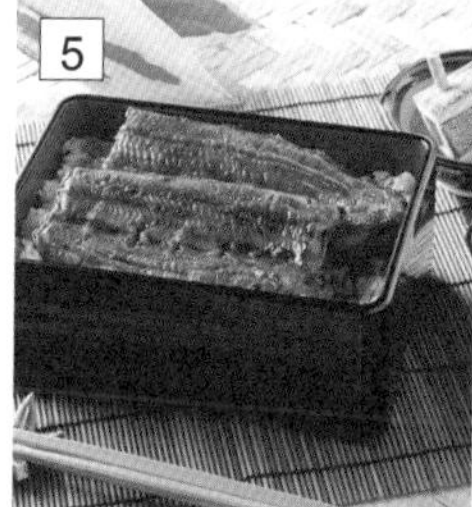

1 すし／壽司
2 てんぷら／天婦羅
3 カツ丼（どん）／炸豬排蓋飯
4 おでん／關東煮
5 うな重（じゅう）／鰻魚飯
6 しゃぶしゃぶ ／涮涮鍋
7 すき焼（や）き／壽喜燒
8 うどん／烏龍麵
9 ラーメン／拉麵
10 そば／蕎麥麵
11 牛丼（ぎゅうどん）／牛丼
12 親子丼（おやこどん）／親子雞肉蓋飯
13 おにぎり／飯糰
14 みそ汁（しる）／味噌湯
15 焼（や）き鳥（とり）／烤雞串

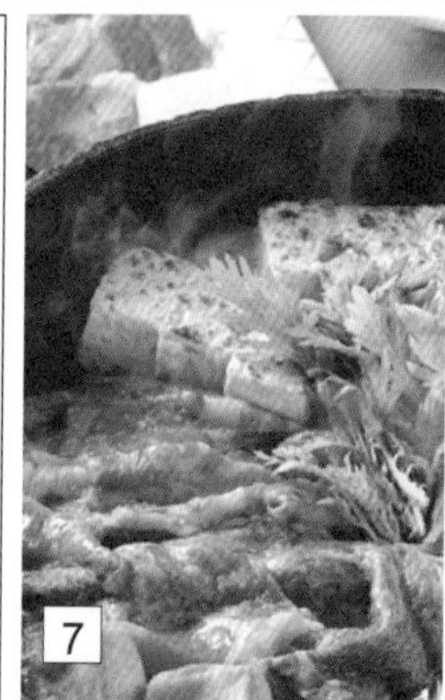

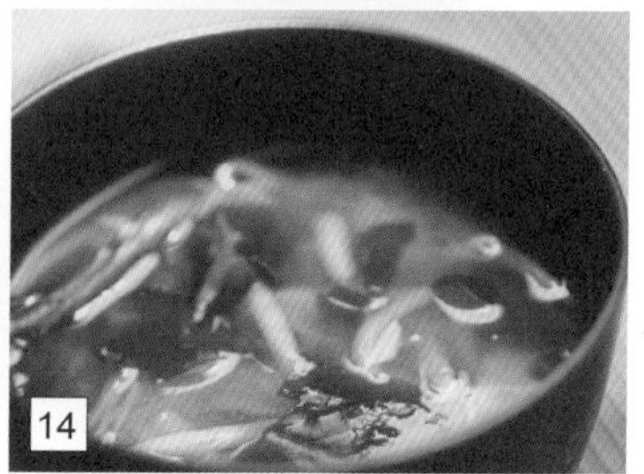

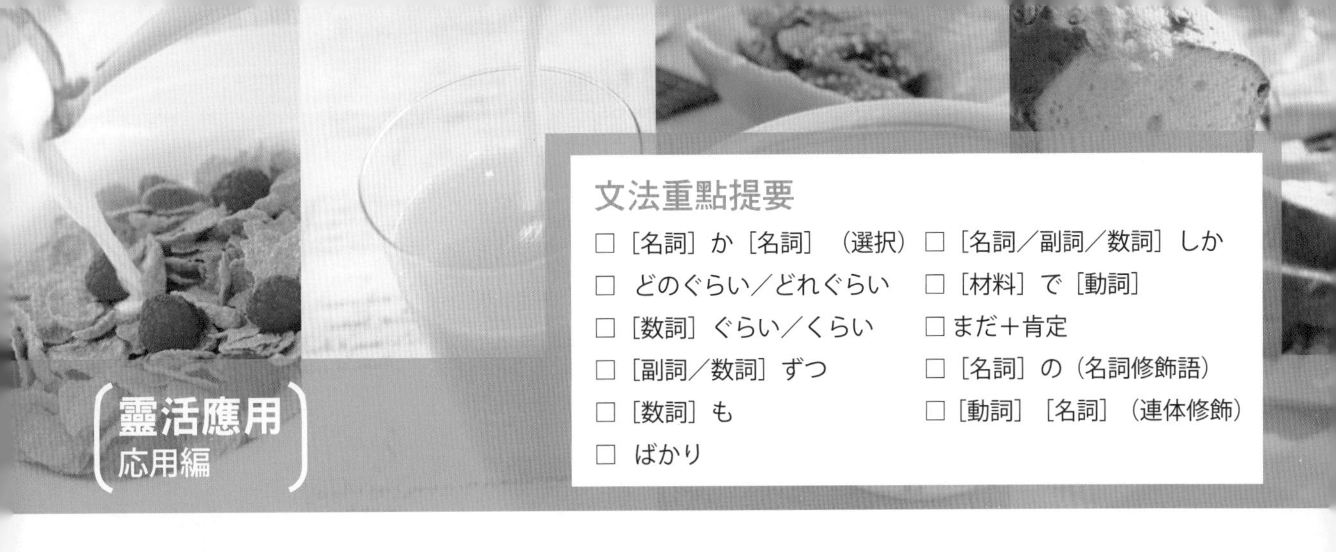

靈活應用
応用編

文法重點提要

- □［名詞］か［名詞］（選択）
- □ どのぐらい／どれぐらい
- □［数詞］ぐらい／くらい
- □［副詞／数詞］ずつ
- □［数詞］も
- □ ばかり
- □［名詞／副詞／数詞］しか
- □［材料］で［動詞］
- □ まだ＋肯定
- □［名詞］の（名詞修飾語）
- □［動詞］［名詞］（連体修飾）

▶ T 14.2　怎麼和日本人聊飲食習慣呢？跟同伴練習下面的對話吧！

A：塚本(つかもと)さんは、いつも　朝(あさ)ご飯(はん)に　何(なに)を　食(た)べますか。

塚本先生早餐通常吃什麼呢？

B：ご飯(はん)か　おかゆ、それと　みそ汁(しる)に　おかずです。

白飯或是稀飯，以及味噌湯和配菜。

A：おかずは　どのぐらい　食(た)べますか。

通常吃幾種配菜呢？

B：５品(ごひん)ぐらいです。いろいろな　おかずを　少(すこ)しずつ　食(た)べます。

五種左右。各種配菜都吃一點點。

A：５品(ごひん)も？　たくさん　食(た)べますね。毎朝(まいあさ)　和食(わしょく)ばかりですか。

吃到五種？吃得真多呀。每天早上都是吃日式早餐嗎？

B：はい、朝(あさ)は　和食(わしょく)しか　食(た)べません。林(りん)さんは。

對，我早上只吃日式早餐。林小姐呢？

A：私(わたし)は　饅頭(まんとう)を　よく　食(た)べます。

我常常吃饅頭。

B：饅頭(まんとう)？　それは　何(なん)ですか。

饅頭？那是什麼？

A：中国(ちゅうごく)の　蒸(む)しパンです。小麦粉(こむぎこ)で　作(つく)ります。日本(にほん)に　５年(ごねん)いますが、朝(あさ)ご飯(はん)は　まだ　中国式(ちゅうごくしき)です。

中國式的蒸麵包，用麵粉做的。我在日本待五年了，但是早餐還是吃中國式的。

B：そうですか。私(わたし)は　まだ　饅頭(まんとう)を　食(た)べたことが　ありません。

這樣啊。我還沒吃過饅頭。

A：饅頭(まんとう)は　おいしいですよ。

饅頭很好吃唷。

B：妻(つま)の　作(つく)る　朝(あさ)ご飯(はん)も　おいしいですよ。

我太太做的早餐也很好吃。

文法重點說明

1 ご飯か　おかゆ、それと　みそ汁に　おかずです。（白飯或是稀飯，以及味噌湯和配菜。）

「[名詞] か [名詞]」表示在幾個當中，任選其中一個。可譯作「或者…」。

ビールか　お酒を　飲みます。（喝啤酒或是清酒。）

ペンか　鉛筆で　書きます。（用原子筆或鉛筆寫。）

2 おかずは　どのぐらい　食べますか。（通常吃幾種配菜呢？）

「どのぐらい / どれぐらい」表示「多久」之意。但是也可以視句子的內容，翻譯成「多少、多少錢、多長、多遠」等。

飛行機で　どれぐらい　かかりますか。（搭飛機要花多少錢呢？）

春休みは　どのぐらい　ありますか。（春假有多長呢？）

3 5品ぐらいです。（五種左右。）

「[数詞] ぐらい / くらい」表示數量上的推測、估計。一般用在無法預估正確的數量，或是數量不明確的時候。可譯作「大約」、「左右」、「上下」。

トマトを　3つぐらい　食べました。（吃了大約三個蕃茄。）

お皿は　10枚ぐらい　あります。（盤子約有 10 個左右。）

4 いろいろな　おかずを　少しずつ　食べます。（各種配菜都吃一點點。）

「[副詞 / 数詞] ずつ」接在數量詞後面，表示平均分配的數量。可譯作「每」、「各」。

みんなで　100円ずつ　出します。（大家各出 100 日圓。）

お菓子は　1人　1個ずつです。（點心一人一個。）

5 5品も？（吃到五種？）

「[数詞] も」前面接數量詞，表示數量比一般想像的還多，有強調多的作用。含有意外的語意。可譯作：「竟」、「也」。

ご飯を　3杯も　食べました。（飯吃了 3 碗之多。）

ビールを　10本も　飲みました。（竟喝了 10 罐之多的啤酒。）

6 **毎朝　和食ばかりですか。**（每天早上都是吃日式早餐嗎？）

「ばかり」（淨…、光…、老…）表示數量、次數非常的多，有時候說話人對這件事有負面評價的。

彼は　漫画ばかり　読みます。（他老看漫畫。）

弟は　コーラばかり　飲みます。（弟弟光是喝可樂。）

7 **朝は　和食しか　食べません。**（我早上只吃日式早餐。）

「[名詞 / 副詞 / 数詞] しか」下接否定，表示限定。一般帶有因不足而感到可惜、後悔或困擾的心情。可譯作「只」、「僅僅」。

お弁当は　1つしか　買いませんでした。（僅僅買了一個便當而已。）

手紙を　半分しか　読んで　いません。（信只看了一半而已。）

8 **小麦粉で　作ります。**（用麵粉做的。）

「[材料] で [動詞]」製作什麼東西時，使用的材料。可譯作「用…」。

この　料理は　肉と　野菜で　作りました。（這道料理是用肉及蔬菜做成的。）

この　酒は　何で　作りますか。（這酒是什麼做的？）

9 **日本に　5年いますが、朝ご飯は　まだ　中国式です。**（我在日本待五年了，但是早餐還是吃中國式的。）

「まだ＋肯定」表示同樣的狀態，從過去到現在一直持續著。可譯作「還…」。也表示還留有某些時間或東西。可譯作「還有…」。

まだ　時間が　あります。（還有時間。）

空は　まだ　明るいです。（天色還很亮。）

10 **私は　まだ　饅頭を　食べたことが　ありません。**（我還沒吃過饅頭。）

「まだ [動詞] ません」表示預定的事情或狀態，到現在都還沒進行，或沒有完成。可譯作「還（沒有）…」。

まだ　どんな　人か　しりません。（還不知道是什麼樣的人？）

まだ、何も　食べません。（什麼都還沒吃。）

11 妻の　作る　朝ご飯も　おいしいですよ。（我太太做的早餐也很好吃。）

「[名詞] の（名詞修飾語）」在「妻が　作る　朝ご飯」這種修飾名詞（「朝ご飯」）句節裡，可以用「の」代替「が」，成為「妻の　作る　朝ご飯」。那是因為這種修飾名詞的句節中的「の」，跟「妻の　朝ご飯」中的「の」有著類似的性質。

友達の　撮った　写真です。（這是朋友照的相片。）

あれは　兄の　描いた　絵です。（那是哥哥畫的畫。）

原句中的「作る　朝ご飯」為「[動詞] [名詞]」，其中動詞的普通形，可以直接修飾名詞。

食べた　人は　手を　あげて　ください。（有吃的人請舉手。）

来週　休む　人は　誰ですか。（誰下禮拜請假不來？）

聽力練習
聞き取り練習

▶ T 14.3　請跟著MP3一起朗誦下列單字，學習世界各地代表性早餐的日語。接著再重播MP3，把聽到的單字依序填入其所對應的照片吧！

用日語說說世界各地的美味早餐

① ご飯（はん）／飯
② おかゆ／粥
③ コーヒー／咖啡
④ ケーキ／蛋糕
⑤ 卵（たまご）／蛋
⑥ ベーコン／培根
⑦ 紅茶（こうちゃ）／紅茶
⑧ パン／麵包
⑨ みそ汁（しる）／味噌湯
⑩ 魚（さかな）／魚
⑪ つけ物（もの）／醬菜
⑫ ピーナッツ／花生

自己查查看，還有哪些單字？

▶▶ 答案詳見P142

對話練習
話してみよう

▶ T 14.4 今天早上吃什麼早餐呢？先好好練習下面的說法。

A： 今朝(けさ)は　何(なに)を　食(た)べましたか。
今天早上吃什麼呢？

B： ご飯(はん)と　みそ汁(しる)、それから　納豆(なっとう)と　卵焼(たまごや)きを　少(すこ)しずつ　食(た)べました。
飯跟味噌湯，還吃了一些納豆跟玉子燒。

A： お茶(ちゃ)も　飲(の)みましたか。
也喝了茶嗎？

B： はい、飲(の)みました。
是的，喝了。

搜集水果的單字

①

②

③

④

⑤

⑥

還有哪些好吃的料理呢？

①

②

③

④

⑤

⑥

⑦

對話練習
話してみよう

▶ T 14.5 印度的阿里小姐平常三餐都吃什麼呢？我們來聽聽看。

A：アリさんは、いつも　朝（あさ）ご飯（はん）に　何（なに）を　食（た）べますか。
阿里小姐，平常早餐都吃什麼？

B：ええとね、朝（あさ）は　いつも　野菜（やさい）カレーか　お豆（まめ）の　カレーと　インド紅茶（こうちゃ）です。それから、果物（くだもの）です。
嗯，早上平常都吃蔬菜咖哩或季豆咖哩，跟印度紅茶。
還有，吃水果。

A：昼（ひる）ご飯（はん）と　晩（ばん）ご飯（はん）は。
午餐跟晚餐呢？

B：昼（ひる）ご飯（はん）は　チキンカレーで、晩（ばん）ご飯（はん）は　マトンカレーです。
午餐是雞肉咖哩，晚餐是羊肉咖哩。

A：あれ、カレーばっかりですね。
哇！都是咖哩啊！

B：ええ、カレーは　おいしいですよ。たくさんの　スパイスで　作（つく）ります。
沒錯，咖哩很好吃喔！是靠很多辣調味作成的。

A：たくさんとは、どの　ぐらいですか。
很多是多少呢？

B：10種類（じゅうしゅうるい）ぐらいです。
大約有十種吧。

▶ 參考上面的對話，跟同伴說說其他國家，三餐都吃些什麼？

對話練習
話してみよう

▶ T 14.6 這些日本點心，看起來好吃極了！找自己喜歡吃的，參考下面的說法，跟同伴練習。

A： いつも　どんな　お菓子を　食べますか。
你平常都吃什麼點心？

B： おはぎです。あなたは。
豆沙糯米糰。你呢？

A： お煎餅です。
仙貝。

B： 今日の　おやつは　近所の　人の　くれた　どら焼きしか　ありません。
今天的點心只有鄰居送的銅鑼燒。

A： どら焼きも　好きです。いただきます。……。ああ、おいしいですね。3個も　食べました。ごちそうさまでした。
我也喜歡吃銅鑼燒。那我就不客氣吃囉。……。啊！真好吃。還吃了三個呢！我吃飽了。

B： 私は　まだ　1個しか　食べていません。残りは　全部　私のです。
我只吃了一個呢。那剩下的都是我的。

6 どら焼き／銅鑼燒

5 お煎餅／仙貝

1 おはぎ／豆沙糯米糰

注解：「おはぎ」的「お」是其單字的一部份，不像「お煎餅」、「おたんご」、「おもち」前面的「お」可省略，但講到「おしるこ」，通常會保留前面的「お」。

2 おだんご／糯米丸子

3 おもち／麻糬

4 おしるこ／（加麻糬、湯圓等）紅豆湯

讀解練習
読んでみよう

▶ 請閱讀以下短文，試著回答下列問題。

閱讀

まだ　5月(ごがつ)ですが、昨日(きのう)アイスクリームの　大食(おおぐ)い競争(きょうそう)に　出(で)ました。北海道(ほっかいどう)の牛乳(ぎゅうにゅう)で　作(つく)った　アイスクリームです。私(わたし)は　47個(よんじゅうななこ)も　食(た)べました。それで、1位(いちい)でした。2位(にい)の　人(ひと)は、39個(さんじゅうきゅうこ)しか　食(た)べませんでした。賞品(しょうひん)は　アイスクリーム365個(さんびゃくろくじゅうごこ)、1年分(いちねんぶん)です。これから　毎日(まいにち)　1個(いっこ)ずつ　食(た)べます。

1　この　人(ひと)は　昨日(きのう)　何(なに)を　しましたか。

❶ アイスクリームを　食(た)べました。　❷ アイスクリームを　作(つく)りました。
❸ アイスクリームを　買(か)いました。　❹ 北海道(ほっかいどう)に　行(い)きました。

2　ただしい　文(ぶん)は　どれですか。

❶ この　人(ひと)は　北海道(ほっかいどう)で　アイスクリームを　47個(よんじゅうななこ)　食(た)べました。
❷ この　人(ひと)は　大食(おおぐ)い競争(きょうそう)で　アイスクリームを　47個(よんじゅうななこ)　食(た)べました。
❸ この　人(ひと)は　北海道(ほっかいどう)で　アイスクリームを　365個(さんびゃくろくじゅうごこ)　食(た)べました。
❹ この　人(ひと)は　大食(おおぐ)い競争(きょうそう)で　アイスクリームを　365個(さんびゃくろくじゅうごこ)　食(た)べました。

翻譯　**解答**

雖然現在還是五月，但我昨天參加了吃冰淇淋的大胃王比賽。那是用北海道的牛奶製成的冰淇淋。我總共吃了多達47個，所以得到了冠軍。第二名的人只吃了39個。獎品是365個的冰淇淋，也就是一年份。從現在開始，我會每天吃一個。

1　這個人昨天做了什麼？

❶ 吃了冰淇淋。　❷ 作了冰淇淋。　❸ 買了冰淇淋。　❹ 去了北海道。

2　哪一個是正確的句子？

❶ 這個人在北海道吃了47個冰淇淋。
❷ 這個人在大胃王比賽上吃了47個冰淇淋。
❸ 這個人在北海道吃了365個冰淇淋。
❹ 這個人在大胃王比賽上吃了365個冰淇淋。

答案：**1** 1，**2** 2

Lesson 14

N5單字總整理！

剛上完一課，快來進行單字總復習！
在日檢考試前，幫您做好萬全準備！

食物

ご飯
（米飯；飯食）

朝御飯
（早餐）

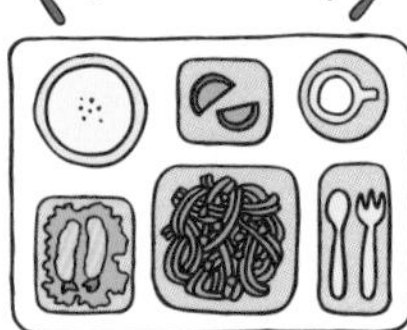

昼ご飯
（午餐）

晩ご飯
（晚餐）

夕飯
（晚飯）

食べ物
（食物）

飲み物
（飲料）

お弁当
（便當）

お菓子
（點心，糕點）

料理
（菜餚；做菜）

食堂
（食堂，餐廳，飯館）

買い物
（購物）

パーティー【party】
（宴會，舞會）

模擬考題

一、文字、語彙問題

もんだい１＿＿の　ことばは　ひらがな、カタカナや　かんじで　どう　かきますか。１・２・３・４から　いちばん　いいものを　ひとつ　えらんで　ください。

1 いっしょに　昼ご飯を　たべに　いきませんか。

1　ひるごはん　　2　ひるごやん　　3　ひるごほん　　4　ひろごはん

2 おいしい　日本料理屋さんが　２かいに　あります。

1　りょうり　　2　りょり　　3　りょおり　　4　りょうれ

3 どようびは　がっこうで　おべんとうを　たべます。

1　果物　　2　夕飯　　3　弁当　　4　菓子

もんだい２（　　　）に　なにを　いれますか。１・２・３・４から　いちばん　いいものを　ひとつ　えらんで　ください。

1 さとうさんの　たんじょうびの（　　　）　で　うたを　うたいました。

1　レコード　　2　アパート　　3　パーティー　　4　テープ

2 レストランでは　どんな　（　　　）を　たべましたか。

1　ひと　　2　こと　　3　もの　　4　とき

もんだい３　＿＿＿＿の　ぶんと　だいたい　おなじ　いみの　ぶんが　あります。１・２・３・４から　いちばん　いいものを　ひとつ　えらんで　ください。

1 この　しょくどうは　まずいです。

1　ここの　りょうりは　おいしいです。

2　ここの　りょうりは　やすいです。

3　ここの　りょうりは　おいしく　ありません。

4　ここの　りょうりは　やすく　ありません。

2 おととい　デパートに　いきました。

1　りょうりを　つくりました。　　2　スポーツを　しました。

3　ほんを　かえしました。　　4　かいものを　しました。

模擬考題

二、文法問題

もんだい１　（　　）に　何を　入れますか。１・２・３・４から　いちばん　いいものを　一つ　えらんで　ください。

1 大川「リンさんは　（　　　）ぐらい　日本語を　ならいましたか。」
リン「３ねんぐらい　ならいました。」

1　どれ　　2　どこ　　3　どんな　　4　どう

2 山田「田中さん（　　　）　とった　しゃしんは　どれですか。」
田中「これと　これです。」

1　で　　2　の　　3　て　　4　は

3 A「その　本は　何ですか。」
B「きのう　としょかんで　（　　　）　本です。」

1　かりる　　2　かりている　　3　かりた　　4　かりて

4 A「ここに　おかしが　みっつ　あります。1人　ひとつ（　　　）食べましょう。」
B「ありがとう　ございます。」

1　ぐらい　　2　など　　3　ずつ　　4　ごろ

5 A「くろ（　　　）　あおの　ボールペンは　ありませんか。」
B「ありますよ。どうぞ」

1　で　　2　が　　3　の　　4　か

6 いま　さいふの　なかには　おかねが　100円（　　　）　ありません。
1　ずつ　　2　ぐらい　　3　しか　　4　など

7 田中「雨は　まだ　やみませんか。」
山田「やみましたが、（　　　）。」

1　はれました　　2　空は　まだ　明るいです
3　くもりました　　4　空は　まだ　曇りばかりです

8 A「ゆうべは　ビールを　10 ぽん（　　　）飲みました。」
B「わたしは　12 ほんですよ。」

1　を　　2　が　　3　も　　4　で

9 うちから　会社まで　電車で　30 分（　　　）です。

1　など　　2　ごろ　　3　しか　　4　ぐらい

10 A「この　おかしは　たまごと　ぎゅうにゅう（　　　）　作りました。
ひとつ　どうですか。」

B「ありがとう　ございます。とても　おいしいです。」

1　が　　2　に　　3　で　　4　を

もんだい 2　＿＿★＿＿に　入る　ものは　どれですか。1・2・3・4 から　いちばん　いいものを　一つ　えらんで　ください。

1 田中「ジョンさんは　かんじが　どれぐらい　わかりますか。」
ジョン「＿＿＿　＿＿＿　＿★＿　＿＿＿　わかりません。」

1　しか　　2　まだ　　3　かんじ　　4　かんたんな

2 上田「＿＿＿　＿＿＿　＿★＿　＿＿＿　やまへ　あそびに　いきませんか。」
大山「いいですね。わたしは　うみが　いいです。」

1　か　　2　うみ　　3　なつやすみ　　4　に

3 高橋「これが　＿＿＿　＿＿＿　＿★＿　＿＿＿　ですか。とても　上手ですね。」
上野「ありがとう　ございます。」

1　の　　2　上野　　3　絵　　4　描いた

神準！從星座看個性

今月の　運勢は　どうですか。

看圖記單字
絵を見て覚えよう

▶ **T 15.1** 聽聽看！再大聲唸出來

1 牡羊座（おひつじざ）／牡羊座	5 獅子座（ししざ）／獅子座	9 射手座（いてざ）／射手座
2 牡牛座（おうしざ）／金牛座	6 乙女座（おとめざ）／處女座	10 山羊座（やぎざ）／魔羯座
3 双子座（ふたござ）／雙子座	7 天秤座（てんびんざ）／天秤座	11 水瓶座（みずがめざ）／水瓶座
4 蟹座（かにざ）／巨蟹座	8 蠍座（さそりざ）／天蠍座	12 魚座（うおざ）／雙魚座

文法重點提要

- □［い形容詞］く［動詞］
- □［い形容詞］くなります
／［名詞／な形容詞］になります
- □［い形容詞］くします
／［名詞／な形容詞］にします
- □［文章］と言います
／［普通形］と言います
- □［文章］ので（原因）
- □［名詞］と同じ
- □［な形容詞］に［動詞］

靈活應用
応用編

▶ T 15.2　理香對星座占卜非常有興趣，三不五時就會給人家算一下。不過這次找占卜老師，卻意外發現…

A：私は　3月10日生まれ、魚座です。今月の　運勢はどうですか。

我是 3 月 10 日出生的雙魚座。請問這個月的運勢如何？

B：このごろ、髪を　茶色く　染めましたね。

妳最近把頭髮染成了褐色吧？

A：はい。

對。

B：それで　運が　悪く　なりました。

難怪運氣變差了。

A：でも、先生は　前回、茶色い　髪が運を　よく　すると　言いましたので、染めました。

可是，老師上次説過，褐色的頭髮會讓運氣變好，所以我才去染了。

B：染めたのは　よくありません。脱色で茶色く　するのが　よいです。

用染色的方式不好，應該要用漂白的方式，讓頭髮變成褐色。

A：あの、先生。前々回は　パーマを　かけるのが　よいと　言いました。

老師，不好意思。您上上次還説了，要燙髮比較好。

B：それが　どうか　しましたか。

有什麼問題嗎？

A：先生は、美容院の　人でしょう。先生の占いは　詐欺と　同じです。まじめに聞いた　私が　ばかでした。

老師是髮廊的人吧？老師的占星術根本就是詐欺！我真笨，竟然一開始就相信你！

文法重點說明

1 **このごろ、髪(かみ)を　茶色(ちゃいろ)く　染(そ)めましたね。**（妳最近把頭髮染成了褐色吧？）

「[い形容詞] く [動詞]」形容詞詞尾「い」改成「く」，可以修飾句子裡的動詞。

今日(きょう)は　早(はや)く　寝(ね)ます。（今天我要早點睡。）

りんごを　小(ちい)さく　切(き)ります。（將蘋果切成小丁。）

「[な形容詞] に [動詞]」な形容詞詞尾「だ」改成「に」，可以修飾句子裡的動詞。

あの　子(こ)は　上手(じょうず)に　歌(うた)います。（那孩子歌唱得很好。）

部屋(へや)を　きれいに　掃除(そうじ)しました。（把房間打掃乾淨了。）

2 **それで　運(うん)が　悪(わる)くなりました。**（難怪運氣變差了。）

「[い形容詞] くなります / [名詞 / な形容詞] になります」。表示事物的變化。同樣可以看做一對的還有自動詞「なります」和他動詞「します」。它們的差別在，「なります」的變化不是人為有意圖性的，是在無意識中物體本身產生的自然變化；「します」表示人為的有意圖性的施加作用，而產生變化。い形容詞後面接「なります」，要把詞尾的「い」變成「く」。

午後(ごご)は　暑(あつ)く　なりました。（下午變熱了。）

「[な形容詞に] なります」表示事物的變化。な形容詞後面接「なります」，要把語尾的「だ」變成「に」。

体(からだ)が　丈夫(じょうぶ)に　なりました。（身體變強壯了。）

彼女(かのじょ)は　最近(さいきん)　きれいに　なりました。（她最近變漂亮了。）

「[名詞] になります」表示事物的變化。名詞後面接「なります」，要先接「に」再加上「なります」。

もう　夏(なつ)に　なりました。（已經是夏天了。）

そこの　夏(なつ)は、40(よんじゅう)度(ど)に　なりました。（那裡的夏天，溫度高達了 40 度。）

3 **先生(せんせい)は　前回(ぜんかい)、茶色(ちゃいろ)い　髪(かみ)が　運(うん)を　よくすると　言(い)いましたので、染(そ)めました。**（老師上次説過，褐色的頭髮會讓運氣變好，所以我才去染了。）

「[い形容詞] くします / [名詞 / な形容詞] にします」。表示事物的變化。跟「なります」比較，「なります」的變化不是人為有意圖性的，是在無意識中物體本身產生的自然變化；而「します」是表示人為的有意圖性的施加作用，而產生變化。形容詞後面接「します」，要把詞尾的「い」變成「く」。

壁(かべ)を　白(しろ)く　します。（把牆壁弄白。）

部屋(へや)を　暖(あたた)かく　しました。（房間弄暖和。）

「[名詞] にします」表示事物的變化。名詞後面接「します」，要先接「に」再接「します」。

子供(こども)を　医者(いしゃ)に　します。（我要讓孩子當醫生。）

バナナを　半分(はんぶん)に　しました。（我把香蕉分成一半了。）

「[な形容詞] にします」表示事物的變化。な形容詞後面接「します」，要把詞尾的「だ」變成「に」。

音楽(おんがく)を　流(なが)して、賑(にぎ)やかに　します。（放音樂讓氣氛變熱鬧。）

運動(うんどう)して、体(からだ)を　丈夫(じょうぶ)に　します。（去運動讓身體變強壯。）

「[文章] と言います / [普通形] と言います」。「と」接在某人說的話，或寫的事物後面，表示說了什麼、寫了什麼。

子供(こども)が　「遊(あそ)びたい」と　言(い)って　います。（小孩說：「想出去玩」。）

手紙(てがみ)には　来月(らいげつ)　国(くに)に　帰(かえ)ると　書(か)いて　あります。
（信上寫著下個月要回國。）

「[文章] ので」表示原因、理由。前句是原因，後句是因此而發生的事。是比較委婉的表達方式。一般用在客觀的自然的因果關係，所以也容易推測出結果。可譯作「因為…」。

疲(つか)れたので、早(はや)く　寝(ね)ます。（因為很累了，我要早點睡。）

雨(あめ)なので、家(うち)に　います。（因為下雨，留在家裡。）

先生(せんせい)の　占(うらな)いは　詐欺(さぎ)と　同(おな)じです。（老師的占星術根本就是詐欺！）

「[名詞] と同じ」表示後項和前項是同樣的人事物。可譯作「和…一樣的」、「和…相同的」。

わたしは　陽子(ようこ)さんと　同(おな)じ　クラスです。（我和陽子同班。）

これと　同(おな)じ　ラジカセを　持(も)って　います。（我有和這台一樣的收音機。）

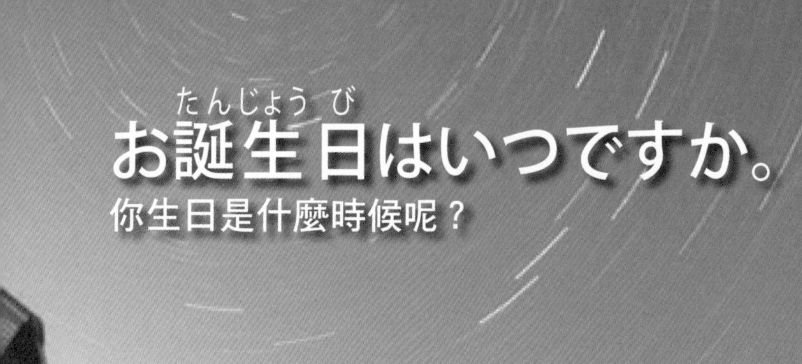

お誕生日（たんじょうび）はいつですか。

你生日是什麼時候呢？

聽力練習ア
聞き取り練習

▶ T 15.3 聽聽MP3，每一組唸的是哪一個呢？請在圈圈內打勾。

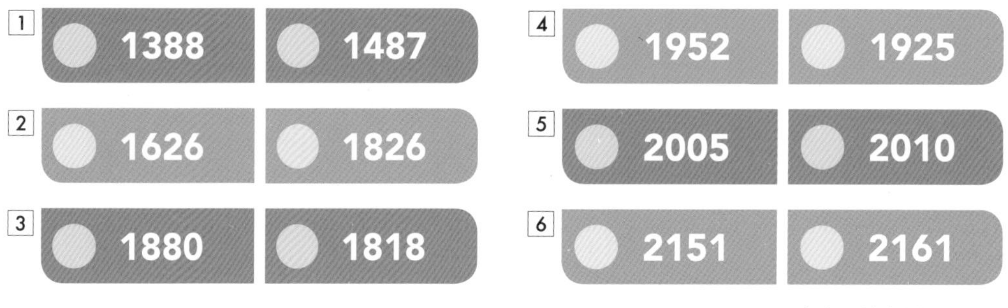

▶▶ 答案詳見P142

聽力練習イ
聞き取り練習

▶ T 15.4 區公所的人在問出生年月日，請把您聽到的，依序填入空欄裡。

▶▶ 答案詳見P142

A：林（りん）さん、生年月日（せいねんがっぴ）を　お願（ねが）いします。
林先生，麻煩給我出生年月日。

B：1　9　7　8　年5月8日（せん/きゅうひゃく/ななじゅう/はち ねん ご がつ よう か）です。
1978 年 5 月 8 日。

受付表

名前（なまえ）／姓	生年月日（せいねんがっぴ）／生日
林（りん）	1987／5／8

牡羊座（おひつじざ）／牡羊座

3/21~4/19

外向的（がいこうてき）（な）、短気（たんき）（な）

外向的，急性子

牡牛座（おうしざ）／金牛座

4/20~5/20

誠実（せいじつ）（な）、頑固（がんこ）（な）

誠實，頑固的

双子座（ふたござ）／雙子座

5/21~6/21

おもしろい、個性的（こせいてき）（な）

風趣，特立獨行的

蟹座（かにざ）／巨蟹座

6/22~7/22

やさしい、のんびり屋（や）

溫柔，無拘無束

獅子座（ししざ）／獅子座

7/23~8/22

明（あか）るい、真面目（まじめ）（な）

開朗，認真的

乙女座（おとめざ）／處女座

8/23~9/22

勤勉（きんべん）（な）、完璧主義（かんぺきしゅぎ）

勤勞的，完美主義

天秤座（てんびんざ）／天秤座

9/23~10/23

親切（しんせつ）（な）、おしゃべり好（ず）き

親切的，喜歡說話

蠍 座（さそりざ）／天蠍座

10/24~11/21

おもしろい、おとなしい

有趣，溫順的

射手座（いてざ）／射手座

11/22~12/21

誠実（せいじつ）（な）、外向的（がいこうてき）（な）

誠實，外向的

山羊座（やぎざ）／摩羯座

12/22~1/19

勤勉（きんべん）（な）、野心的（やしんてき）（な）

勤勞，具野心的

水瓶座（みずがめざ）／水瓶座

1/20~2/18

親切（しんせつ）（な）、しっかり者（もの）

親切的，可靠

魚座（うおざ）／雙魚座

2/19~3/20

やさしい、個性的（こせいてき）（な）

溫柔，特立獨行的

對話練習
話してみよう

▶ **T 15.5** 參考對話 1 ，然後跟同伴練習 2 到 4 。最後一句日文紅字請自由發揮吧！

1

9／1
乙女座(おとめざ)／勤勉(きんべん)（な）
（處女座／勤勞的）

A： お誕生日(たんじょうび)は　いつですか。
你生日是什麼時候?

B： **9月1日(くがつついたち)**です。
9 月 1 日。

A： 星座(せいざ)は　何座(なにざ)ですか。
什麼星座呢？

B： **乙女座(おとめざ)**です。
處女座。

A： **乙女座(おとめざ)**は　どんな　性格(せいかく)ですか。
處女座是什麼樣的個性？

B： **勤勉(きんべん)**な　人(ひと)が　多(おお)いです。
多半都很勤勞。

A： **勤勉(きんべん)な　人(ひと)は、偉(えら)く　なりますよ。**
勤勞的人會成為偉大的人喔。

乙女座(おとめざ)

2

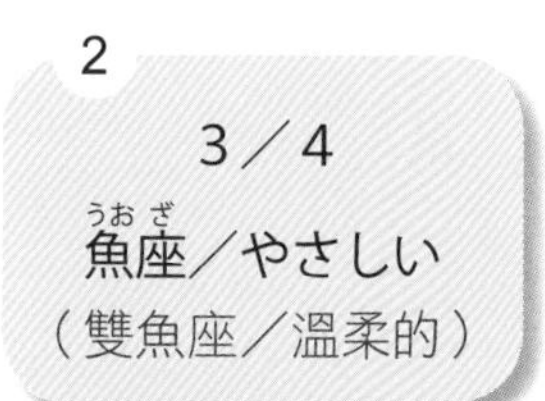

3／4
魚座(うおざ)／やさしい
（雙魚座／溫柔的）

3

8／19
獅子座(ししざ)／明(あか)るい
（獅子座／開朗的）

4

11／24
射手座(いてざ)／誠実(せいじつ)（な）
（射手座／誠實的）

▶▶ 其它參考對話詳見P142

▶ 好好表現一下囉！自己是什麼星座呢？參考以上對話，跟同伴練習對話。

說說自己
自分の事を話してみよう

▶ T 15.6 怎麼說自己呢？參考圖 1 的說法，練習圖 2 到 4。最後一句日文紅字請自由發揮吧！

A：私は　もうすぐ　４２歳です。誕生日は　来週の　4月3日です。性格は　少し　短気です。音楽と　スポーツが　好きです。音楽が　好きなのは、父と　同じです。スポーツが　好きなのは、母と　同じです。

我快 42 歲了。生日是下禮拜的 4 月 3 日。性格有些急躁。我喜歡音樂和運動。喜歡音樂這點跟爸爸一樣，喜歡運動這點則跟媽媽一樣。

盛岡太郎
デザイン
phone/+81-3-5414-6443
fax/+81-3-3-5414-6444
email/ mmorioka@tohokudesign.co.jp
http://www.tohokudesign.co.jp

① 4　2歳／来週の　4月3日／
（42 歲／下禮拜的 4 月 3 號）

少し　短気／音楽と　スポーツ
（有些急躁／音樂和運動）

佐藤美奈子
phone/+81-3-5314-1443
fax/+81-3-3-5314-1444
email/ mmorioka@tohokudesign.co.jp
http://www.tohokudesign.co.jp

② 2　5歳／来月の　8月8日／
（25 歲／下個月的 8 月 8 號）

明るい／登山と　カラオケ
（開朗的／爬山和唱卡拉 OK）

田中麻美
Flo technolog
phone/+81-3-7414-6443
fax/+81-3-3-7414-6444
email/ mmorioka@tohokudesign.co.jp
http://www.tohokudesign.co.jp

③ 3 0 歳／あさっての　10月3 0 日／
（30 歲／後天的 10 月 30 號）

おとなしい／読書と　映画
（溫順的／閱讀和電影）

NKDL
高橋
phone/+81-3-5492-6443
fax/+81-3-3-5492-6444
email/ mmorioka@tohokudesign.co.jp
http://www.tohokudesign.co.jp

④ 20歳／来週の　7月10日／
（20 歲／下禮拜的 7 月 10 日）

少し　のんびり屋／釣りと　絵
（有些無拘無束／釣魚和繪畫）

▶▶ 其它參考對話詳見P143

讀解練習
読んでみよう

▶ 請閱讀以下短文，試著回答下列問題。

閱讀

私は　麗華と　言います。美人なのは、名前と　同じです。みんな　きれいに　なる秘訣を　聞きますので、教えましょう。毎日運動します。スタイルが　よくなります。食事は、野菜を　多くします。朝は　早く　起きます。夜は　早く　寝ます。でも　一番の　秘訣は、生まれつきです。だから　皆さんには　無理ですよ。

1 麗華さんが　美人な　ことと　麗華さんの　名前には、どんな　関係が　ありますか。

❶ 麗華さんは、名前の　意味が　きれいなので　美人です。
❷ 麗華さんは　美人なので、名前の　意味も　きれいです。
❸ 麗華さんは　きれいです。名前の　意味も　きれいです。
❹ 麗華さんは　生まれつき　美人だったので、親が　名前を　麗華に　しました。

2 美人に　なる　一番の　秘訣は、何ですか。

❶ 毎日　運動すること　　❷ 野菜を　たくさん　食べること
❸ 早寝早起きすること　　❹ 生まれつき

翻譯　解答

我叫麗華，是個美女，就跟名字一樣。大家都我問變漂亮的秘訣，所以現在來告訴大家吧！每天運動有助於身材變好，在飲食上要多吃蔬菜。早上要早起，晚上要早睡。但最重要的秘訣在於天生麗質，對大家來說實在太難達到囉！

1 麗華小姐是美女的這件事，跟麗華小姐的名字有什麼關聯呢？

❶ 麗華小姐因為名字有美麗的意思，所以是個美女。
❷ 因為麗華小姐是美女，所以名字也有美麗的意思。
❸ 麗華小姐是美女。名字也有美麗的意思。
❹ 因為麗華小姐生來就是美女，父母替她取了麗華這個名字。

2 以麗華小姐說的作為正確答案。要成為美女，最重要的秘訣是？

❶ 每天運動　❷吃很多蔬菜　❸ 早睡早起　❹ 天生麗質

答案：1 3，2 4

Lesson 15

N5單字總整理！

剛上完一課，快來進行單字總復習！在日檢考試前，幫您做好萬全準備！

學習

- 問題（もんだい）（問題）
- 宿題（しゅくだい）（家庭作業）
- テスト【test】（考試）
- 意味（いみ）（意思，含意）
- 名前（なまえ）（名字，名稱）
- 番号（ばんごう）（號碼，號數）
- 片仮名（かたかな）（片假名）
- 平仮名（ひらがな）（平假名）
- 漢字（かんじ）（漢字）
- 作文（さくぶん）（作文）
- 留学生（りゅうがくせい）（留學生）
- 夏休み（なつやすみ）（暑假）
- 休み（やすみ）（休息，假日）

學校

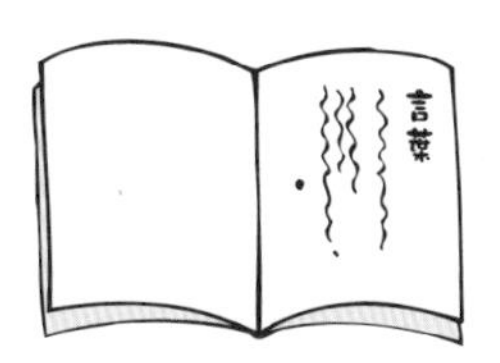

言葉（ことば）
（語言，詞語）

英語（えいご）
（英語，英文）

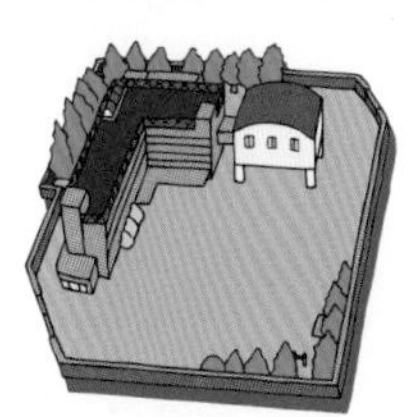

学校（がっこう）
（學校）

大学（だいがく）
（大學）

教室（きょうしつ）
（教室；研究室）

クラス【class】
（〈學校的〉班級）

授業（じゅぎょう）
（上課，授課）

図書館（としょかん）
（圖書館）

ニュース【news】
（新聞，消息）

話（はなし）
（說話，講話）

病気（びょうき）
（生病，疾病）

風邪（かぜ）
（感冒，傷風）

薬（くすり）
（藥，藥品）

模擬考題

一、文字、語彙問題

もんだい１＿＿＿の　ことばは　ひらがな、カタカナや　かんじで　どう　かきますか。
１・２・３・４から　いちばん　いいものを　ひとつ　えらんで　ください。

1　いつも　どう　やって　学校に　いきますか。
1　かっこ　　2　がっごう　　3　がっこう　　4　がっこ

2　いもうとは　ことしから　となりの　高校の　としょかんで　はたらきます。
1　こっこう　　2　こうこ　　3こうこう　　4　ここう

3　教室の　まどを　きれいに　します。
1　きょしつ　　2　きょうしゅつ　　3　きょうしつ　　4　きようしつ

4　これが　わたしの　あたらしい　アパートの　でんわ番号　です。
1　ばんごう　　2　ばんご　　3　ぱんこう　　4　ぱんごう

5　わたしの　なまえは、漢字で、あすかです。
1　がんじ　　2　かんじ　　3　がんし　　4　かつじ

6　あの　かたは　たいわんからの　留学生です。
1　りゆうがくせい　　2　りゅがくせい　　3　りゅうがくせい　　4　りゅうかくせ

7　この　しゅくだいは　あさっての　きんようびまでですよ。
1　宿第　　2　宿代　　3　宿題　　4　宿犬

8　わたしの　なまえを　ゆうめいな　スポーツせんしゅと　おなじです。
1　名前　　2　呂前　　3　中前　　4　夕前

9　せんせい、この　ぶんの　いみが　わかりません。
1　又　　2　攵　　3　叉　　4　文

10　しんぶんで、その　にゅうすを　しりました。
1　ンュース　　2　ニョース　　3　ニューヌ　　4　ニュース

13 享受喜歡做的事！

私は　映画を　見るのが　好きです。

看圖記單字
絵を見て覚えよう

▶ T 13.1　聽聽看！再大聲唸出來

練習しよう

1 ゲームを　する／打電玩
2 写真を　撮る／拍照
3 釣りを　する／釣魚
4 山に　登る・山を　登る／爬山
5 歌を　歌う／唱歌
6 花を　生ける／插花
7 映画を　見る／看電影
8 習字を　する／寫書法
9 ドライブを　する／（開車）兜風
10 スケートを　する／溜冰
11 将棋を　指す／下將棋
12 音楽を　聞く／聽音樂

二、文法問題

もんだい１　（　　　）に　何を　入れますか。１・２・３・４から　いちばん　いいものを　一つ　えらんで　ください。

1　A「今日は　ゆうがたから　さむく　（　　　）よ。」
B「じゃ、はやく　いえに　かえりましょう。」

1　です　　2　あります　　3　なります　　4　します

2　お客さんが　来るので、部屋と　トイレを　（　　　）します。

1　きれい　　2　きれいで　　3　きれいな　　4　きれいに

3　A「すみません。この　しゃしん（　　　）おなじ　くつは　ありませんか。」
B「ありますよ。こちらです。」

1　に　　2　と　　3　の　　4　で

4　これは　兄に　借りました。（　　　）　使います。

1　たいせつで　　2　たいせつに　　3　たいせつです　　4　たいせつな

5　きのう　そうじを　した（　　　）　へやは　きれいです。

1　まで　　2　でも　　3　ので　　4　より

6　石田さんは　今日　８じに　ここに　くる（　　　）　いいました。

1　を　　2　と　　3　が　　4　で

7　まいにち　スポーツを　しましょう。からだが　（　　　）　なりますよ。

1　じょうぶ　　2　じょうぶで　　3　じょうぶな　　4　じょうぶに

8　にくを　（　　　）　きります。

1　小さい　　2　小さく　　3　小さくて　　4　小さいの

9　山田さんは　海の　絵を　（　　　）　描きました。

1　じょうず　　2　じょうずで　　3　じょうずな　　4　じょうずに

もんだい２　＿＿★＿＿に　入る　ものは　どれですか。１・２・３・４から　いちばん　いいものを　一つ　えらんで　ください。

1　A「夜に　なりましたから、ラジオ　＿＿＿　＿＿＿　＿★＿　＿＿＿　しましょう。」
B「そうですね。」

1　おと　　2　を　　3　ちいさく　　4　の

2　A「きょうは　＿＿＿　＿＿＿　＿★＿　＿＿＿　が、かさが　ありませんでした。」
B「それは　たいへんでしたね。」

1　あめ　　2　なりました　　3　ごごから　　4　に

16 神人啟事－那女孩是誰？

どんな 服を 着て いますか。

看圖記單字
絵を見て覚えよう

▶ T 16.1 聽聽看！再大聲唸出來

練習しよう

1 頭(あたま)／頭	5 眉(まゆ)／眉毛	9 首(くび)／脖子	13 腰(こし)／腰
2 髪(かみ)の毛(け)／頭髮	6 耳(みみ)／耳朵	10 肩(かた)／肩膀	14 お尻(しり)／屁股
3 額(ひたい)／額頭	7 鼻(はな)／鼻子	11 胸(むね)／胸部	15 足(あし)／腳
4 目(め)／眼睛	8 頬(ほほ)／臉頰	12 おなか／肚子	16 手(て)／手

「頬」（臉頰）亦可讀作「ほお」。

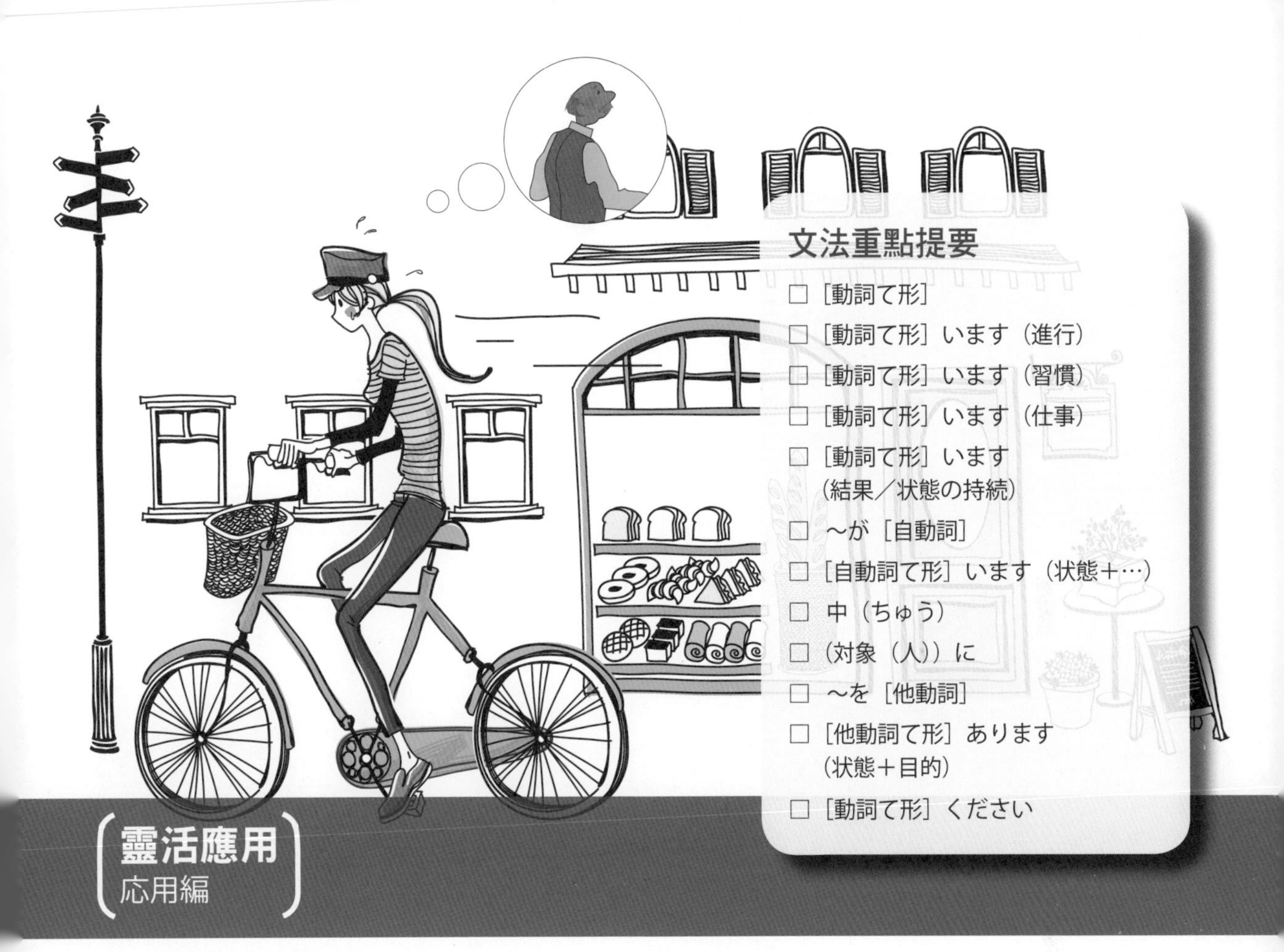

文法重點提要

- □［動詞て形］
- □［動詞て形］います（進行）
- □［動詞て形］います（習慣）
- □［動詞て形］います（仕事）
- □［動詞て形］います（結果／状態の持続）
- □ ～が［自動詞］
- □［自動詞て形］います（状態＋…）
- □ 中（ちゅう）
- □（対象（人））に
- □ ～を［他動詞］
- □［他動詞て形］あります（状態＋目的）
- □［動詞て形］ください

靈活應用
応用編

▶ T 16.2　爺爺不見了！全家人都非常著急，於是理香便急忙地騎單車出門找爺爺，去他可能會去的地方…。

A：どうしました。

發生什麼事了？

B：うちの　おじいちゃんを　探(さが)しています。

我在找我家的爺爺！

A：どんな　服(ふく)を　着(き)て　いますか。

他穿著什麼樣的服裝？

B：緑(みどり)の　着物(きもの)で、それから　頭(あたま)が　はげて　います。

他穿綠色的衣服，還有，他有禿頭。

A：おいくつですか。

請問幾歲呢？

B：８２歳(はちじゅうにっさい)です。

８２歲。

A：携帯電話(けいたいでんわ)には　電話(でんわ)を　しましたか。

打過他的行動電話了嗎？

B：１回(いっかい)は　話(はな)し中(ちゅう)でした。もう　１回(いっかい)は　留守電(るすでん)に　メッセージを　残(のこ)してあります。

一次是在通話中，另一次是轉進語音信箱，我留言了。

A：ちょっと　待(ま)って　ください。この　おじいちゃんですか。

請等一下。是這位老爺爺嗎？

B：あ、おじいちゃん。よかった。

啊，爺爺！太好了！

文法重點說明

うちの　おじいちゃんを　探(さが)しています。（我在找我家的爺爺！）

先看動詞「て」形的變化如下：

	辞書形	て形	辞書形	て　形
一段動詞	みる おきる きる	みて おきて きて	たべる あげる ねる	たべて あげて ね
五段動詞	いう あう かう	いって あって かって	あそぶ よぶ とぶ	あそんで よんで とんで
	まつ たつ もつ	まって たって もって	のむ よむ すむ	のんで よんで すんで
	とる うる つくる	とって うって つくって	しぬ	しんで
	＊いく	いって	かく きく はたらく	かいて きいて はたらいて
	はなす かす だす	はなして かして だして	およぐ ぬぐ	およいで ぬいで
不規則動詞	する 勉強します	して 勉強して	くる	きて

說明：

1.一段動詞很簡單只要把結尾的「る」改成「て」就好了。

2.五段動詞以「う、つ、る」結尾的要發生「っ」促音便。以「む、ぶ、ぬ」結尾的要發生「ん」撥音便。以「く、ぐ」結尾的要發生「い」音便。以「す」結尾的要發生「し」音便。

3.＊例外

[動詞て形] 有下面幾種意思：

1.「[動詞て形] います」表示動作或事情的持續，也就是動作或事情正在進行中。

リーさんは　日本語(にほんご)を　習(なら)って　います。（李小姐在學日語。）

伊藤(いとう)さんは　電話(でんわ)を　して　います。（伊藤先生在打電話。）

2.「[動詞て形] います」跟表示頻率的「毎日、いつも、よく、時々」等單詞使用，就有習慣做同一動作的意思。

毎日　6時に　起きて　います。（每天６點起床。）

彼女は　いつも　お金に　困って　います。（她總是為錢煩惱。）

3.「[動詞て形] います」接在職業名詞後面，表示現在在做什麼職業。也表示某一動作持續到現在，也就是說話的當時。

貿易会社で　働いて　います。（我在貿易公司上班。）

姉は　今年から　銀行に　勤めて　います。（姊姊今年起在銀行服務。）

4.「[動詞て形] います」也表示某一動作後的結果或狀態還持續到現在，也就是說話的當時。

クーラーが　ついて　います。（有開冷氣。）

窓が　閉まって　います。（窗戶是關著的。）

另外，「動詞て形」也單純的連接前後短句成一個句子，表示並舉了幾個動作或狀態。

新宿に　行って、映画を　見ます。（去新宿看電影。）

公園で　野球を　して、サッカーを　します。（去公園打棒球，踢足球。）

還有，「動詞て形」連接行為動作的短句時，表示這些行為動作一個接著一個，按照時間順序進行。除了最後一個動作以外，前面的動詞詞尾都要變成「て形」。

靴を　履いて　外に　出ます。（穿上鞋子後外出。）

お風呂に　入って　テレビを　見ます。（洗完澡再看電視。）

[自動詞] 與 [他動詞]

「が [自動詞]」動詞沒有目的語，用「…が…ます」這種形式的叫「自動詞」。「自動詞」是因為自然等等的力量，沒有人為的意圖而發生的動作。「自動詞」不需要有目的語，就可以表達一個完整的意思。相當於英語的「不及物動詞」。

火が　消えました。（火熄了。）

車が　止まりました。（車停了。）

「を［他動詞］」跟「自動詞」相對的，有動作的涉及對象，用「…を…ます」這種形式，名詞後面接「を」來表示動作的目的語，這樣的動詞叫「他動詞」。「他動詞」是人為的，有人抱著某個目的有意識地作某一動作。

私は　火を　消しました。（我把火弄熄了。）
彼は　車を　止めました。（他停了車。）

［自動詞］與［他動詞］的比較

他動詞	自動詞
糸を　切る。 剪線。  	糸が　切れる。 線斷了。 
火を　消す。 滅火。 	火が　消える。 火熄了。 
ものを　落とす。 東西扔掉。 	ものが　落ちる。 東西掉了。 
木を　倒す。 把樹弄倒。 	木が　倒れる。 樹倒了。 
タクシーを　止める 。 攔下計程車。 	タクシーが　止まる。 計程車停了下來。 

3 **緑の　着物で、それから　頭が　はげて　います。**（他穿綠色的衣服，還有，他有禿頭。）

「[自動詞て形] います」表示跟目的、意圖無關的某個動作結果或狀態，還持續到現在。自動詞的語句大多以「…て　います」的形式出現。

本が　落ちて　います。（書掉了。）

時計が　遅れて　います。（時鐘慢了。）

4 **1回は　話し中でした。**（一次是在通話中。）

「中（ちゅう）」接在名詞後面，表示此時此刻正在做某件事情。可譯作「…中」、「正在…」。

楊さんは　日本語の　勉強中です。（楊同學正在唸日語。）

中村さんは　仕事中です。（中村先生現在在工作。）

5 **もう1回は　留守電に　メッセージを　残してあります。**（另一次是轉進語音信箱，我留言了。）

「[他動詞て形] あります」表示抱著某個目的、有意圖地去執行，當動作結束之後，那一動作的結果還存在的狀態。可譯作「…著」、「已…了」。他動詞的語句大多以「…てあります」的形式出現。

封筒は　買って　あります。（有買信封。）

壁に　写真が　貼って　あります。（牆上貼著照片。）

「（対象（人或物））に」表示動作、作用的對象。可譯作「給…」、「跟…」。

友達に　電話を　かけます。（打電話給朋友。）

彼女に　花を　あげました。（送了花給女朋友。）

6 **ちょっと　待って　ください。**（請等一下。）

「[動詞て形] ください」表示請求、指示或命令某人做某事。一般常用在老師跟學生、上司對部屬、醫生對病人等指示、命令的時候。可譯作「請…」。

口を　大きく　開けて　ください。（請把嘴巴張大。）

先に　手を　洗って　ください。（請先洗手。）

聽力練習ア
聞き取り練習

▶ T 16.3 聽聽MP3，請按照１～８的順序，把您聽到的日語填到空格上。

Answer

▶▶ 答案詳見P143

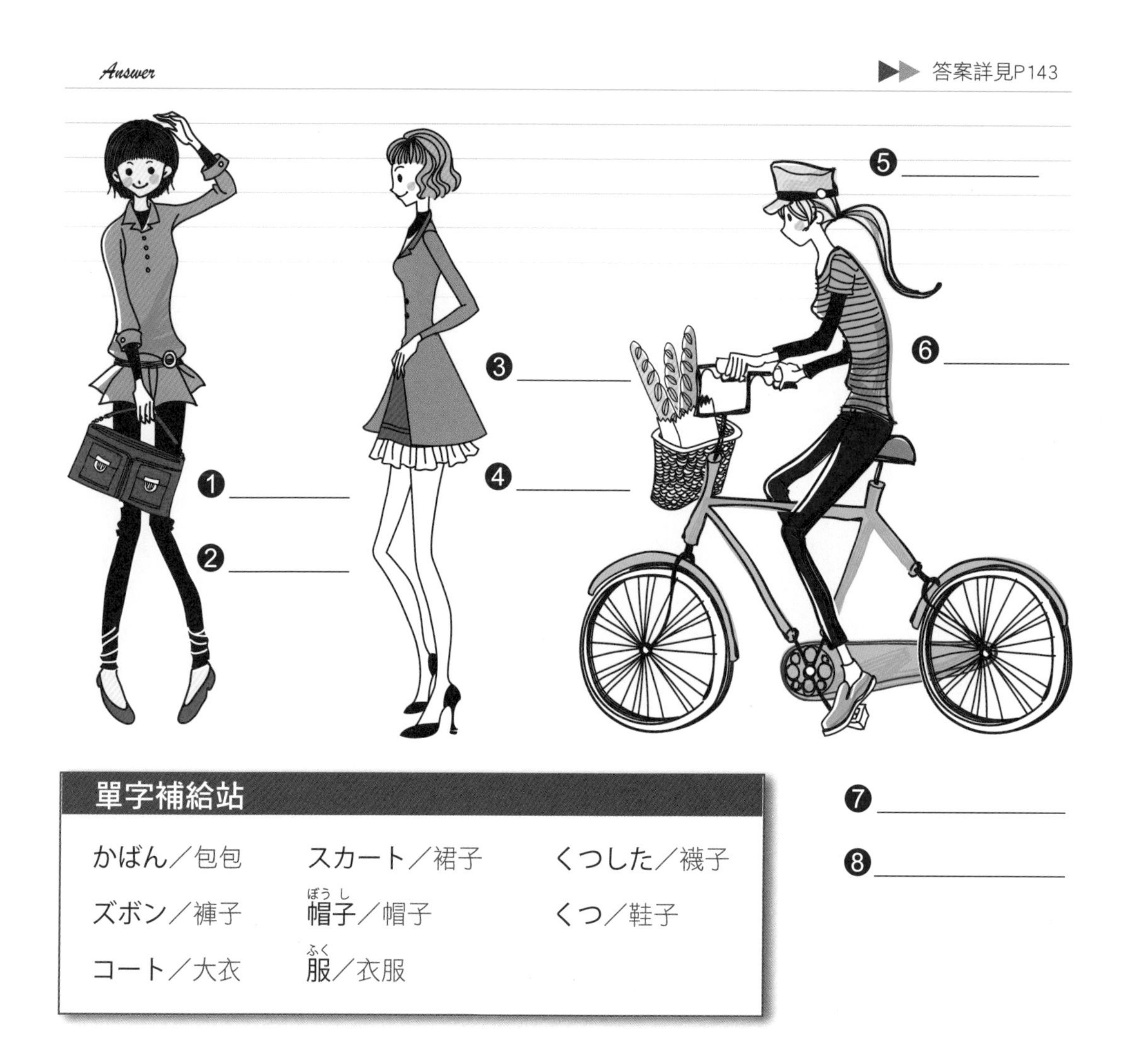

單字補給站

かばん／包包	スカート／裙子	くつした／襪子
ズボン／褲子	帽子（ぼうし）／帽子	くつ／鞋子
コート／大衣	服（ふく）／衣服	

▶ **小專欄**

儘管許多現代女性都抱持著不婚主義，但相信仍有一部分的女孩，渴望穿上婚紗，成為最美的新娘。

那您知道為什麼日本人喜歡當「6月の花嫁」（ろくがつのはなよめ，六月新娘）嗎？原來，英語的六月是古羅馬神話中，守護女神Juno的名字，她守護著女性及婚姻。因此，相傳在六月結婚的女性，一定會得到幸福喔！

對話練習ア
話してみよう

▶ T 16.4 A 傑森先生是哪一位？他正在做什麼呢？ 請邊聽MP3，邊練習以下對話。

A：ジョンソンさんは　どの　人(ひと)ですか。
傑森先生是哪一位？

B：あの　**グレーの　服(ふく)**の　人(ひと)です。
那位穿灰色衣服的。

A：何(なに)を　して　いますか。
他在做什麼呢？

B：パソコンを　打(う)って　います。
在打電腦。

▶ B 請參考以上對話及配圖，將人物適當的描寫填入空白處。填寫完成之後，與同伴各扮演A、B，練習對話看看。

ア
A：佐藤(さとう)さんは　どの　人(ひと)ですか。
B：あの ＿＿＿＿＿の　人(ひと)です。
A：何(なに)を　して　いますか。
B：＿＿＿＿＿＿＿＿＿＿＿＿＿＿　。

イ
A：青木(あおき)さんは　どの　人(ひと)ですか。
B：あの ＿＿＿＿＿の　人(ひと)です。
A：何(なに)を　して　いますか。
B：＿＿＿＿＿＿＿＿＿＿＿＿＿＿　。

ウ
A：マリさんは　どの　人(ひと)ですか。
B：あの ＿＿＿＿＿の　人(ひと)です。
A：何(なに)を　して　いますか。
B：＿＿＿＿＿＿＿＿＿＿＿＿＿＿　。

エ
A：中山(なかやま)さんは　どの　人(ひと)ですか。
B：あの ＿＿＿＿＿の　人(ひと)です。
A：何(なに)を　して　いますか。
B：＿＿＿＿＿＿＿＿＿＿＿＿＿＿　。

▶▶ 參考答案及翻譯詳見P143

聽力練習イ
聞き取り練習

T 16.5 A 聽說有商業間諜潛入這家公司，到底哪些人最可疑呢？ア、イ說的是線索１，ウ、エ說的是線索２。請按照ア到エ的順序，將人物編號填到下方的答案欄中。

A：その　**男**(おとこ)は　４０**歳**(よんじゅっさい)ぐらいです。

那位男性大約 40 歲。

B：**髪の毛**(かみのけ)は　**茶色**(ちゃいろ)ですか。

頭髮是茶色嗎？

A：いいえ、**違**(ちが)います。

不，不是。

B：**背**(せ)は　**高**(たか)いですか。

個子高嗎？

A：いいえ、**高**(たか)**く　ありません**。

それから、**めがねを　かけて**

います。

不，不高。還有，有戴眼鏡。

線索１答案：ア　1　イ＿＿＿

線索２答案：ウ＿＿＿　エ＿＿＿

WHO IS THE SPY ?

▶▶ 答案詳見P143

T 16.6 B 參考下面的例句，換您描寫一下自己的同學，或公司裡的人。

A： **彼女**(かのじょ)は　**髪の毛**(かみのけ)が　**長**(なが)**い**です。

她的頭髮很長。

B： **陳**(ちん)**さん**ですね。

是陳小姐吧！

A： いいえ、**違**(ちが)います。**彼女**(かのじょ)は　**背**(せ)が

高(たか)**い**です。

不，不是。她個子很高。

B： ああ、**王**(おう)**さん**ですね。

啊！是王小姐吧！

A：はい、そうです。

是的。

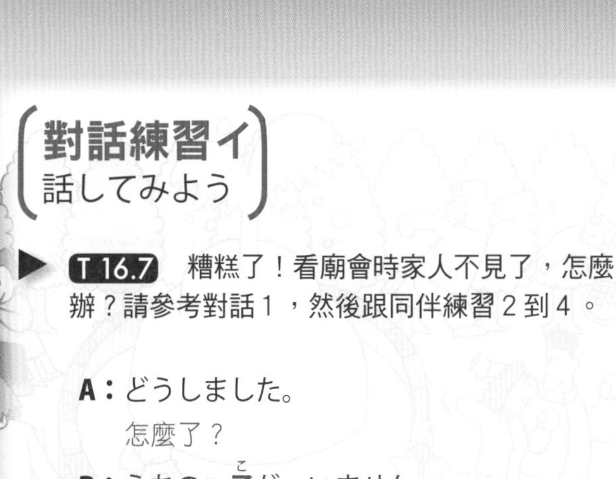

對話練習イ
話してみよう

▶ T 16.7 糟糕了！看廟會時家人不見了，怎麼辦？請參考對話1，然後跟同伴練習2到4。

A：どうしました。
怎麼了？

B：うちの　子(こ)が　いません。
我家小孩不見了。

A：どんな　服(ふく)を　着(き)て　いますか。
穿什麼衣服呢？

B：**紫(むらさき)の　セーターと　緑(みどり)の　ズボン**で、
それから　**帽子(ぼうし)を　かぶって**　います。
紫色的毛線衣和綠色的褲子，還有，戴著帽子。

A：おいくつですか。
請問幾歲呢？

B：**8つ(やっ)**です。
八歲。

A：ちょっと、待(ま)って　ください。この
子(こ)ですか。
等一下。是這孩子嗎？

B：あ、**太郎(たろう)ちゃん**。よかった。
啊！太郎啊！菩薩保佑！

▶▶ 其它參考對話詳見P144

▶ 好好表現一下！找幾個人熟人當對象，參考上面的對話，跟同伴練習怎麼形容人。

讀解練習
読んでみよう

▶ 請閱讀以下短文，試著回答下列問題。

閱讀

今、クラブの　先輩に　片思い中です。先輩は　会計を　やっています。よく、お金の　計算を　しています。計算が　得意な　人は、かっこういいです。もうすぐ２月１４日なので、チョコレートを　買ってあります。でも、渡す勇気が　出ません。先輩を　好きな　人を　５人ぐらい　知って　いるからです。

1 先輩は　どんな　人ですか。

❶ この　人と　同じクラブです。　❷ お金が　たくさん　ある　人です。

❸ 顔が　かっこう　いいです。　❹ チョコレートが　好きです。

2 この人は、どうして　チョコレートを　買いましたか。

❶ 自分で　食べるから　❷ クラブの　みんなで　食べるから

❸ 先輩に　渡すから　❹ 自分と　先輩で　半分ずつ　食べるから

翻譯　解答

我現在暗戀著社團的學長。學長是學會計的，經常處理帳務，擅長作帳的人最帥了。由於２月14號快到了，所以我買好了巧克力。不過，我沒有勇氣把巧克力送給他。因為據我所知，喜歡學長的人大概有五個。

---

1 學長是怎麼樣的人呢？

❶ 跟這個人是同社團的。　❷ 是個很有錢的人。　❸ 長得很帥。　❹ 喜歡巧克力。

2 這個人為什麼買了巧克力呢？

❶ 因為自己要吃　❷ 因為社團的團員們要吃

❸ 因要要給學長　❹ 因為要跟學長一人吃一半

答案：**1** 1，**2** 3

Lesson 16

N5單字總整理！

剛上完一課，快來進行單字總復習！在日檢考試前，幫您做好萬全準備！

人物稱呼

- 貴方（〈對長輩或平輩尊稱〉你，您；〈妻子叫先生〉老公）
- 私（我）
- 男（男性，男人）
- 女（女人，女性）
- 男の子（男孩子）
- 女の子（女孩子）
- 大人（大人，成人）
- 子供（自己的兒女；小孩）
- 外国人（外國人）
- 友達（朋友，友人）
- 人（人，人類）
- 方（位，人）
- さん（先生，小姐）

身體部位

頭（頭）

顔（臉，面孔）

耳（耳朵）

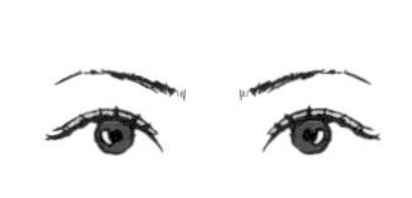

目（眼睛）

鼻（鼻子）

口（口，嘴巴）

歯（牙齒）

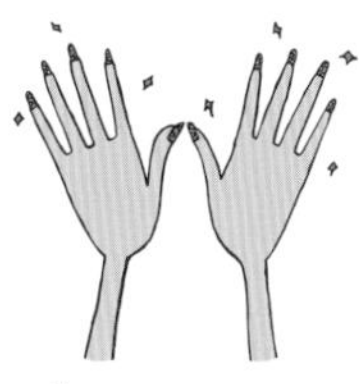

手（手，手掌）

おなか（肚子；腸胃）

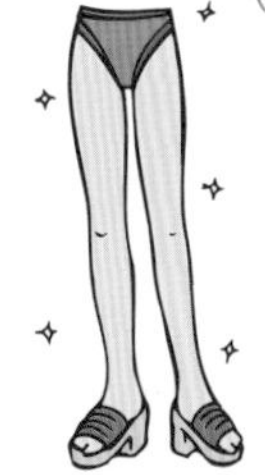

足（腿；腳；〈器物的〉腿）

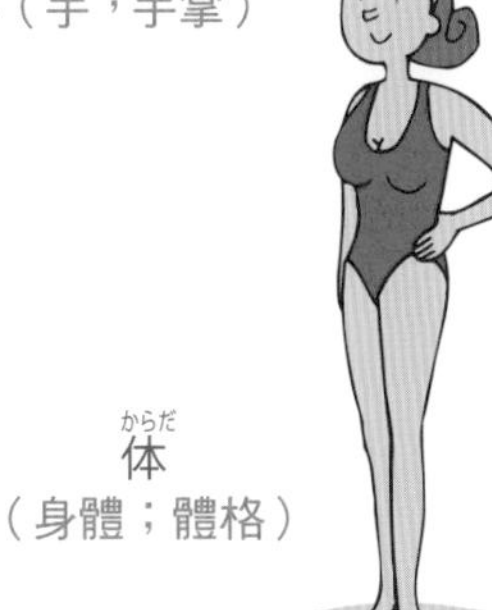

体（身體；體格）

背（身高，身材）

声（〈人或動物的〉聲音）

模擬考題

一、文字、語彙問題

もんだい１＿＿の　ことばは　ひらがな、カタカナや　かんじで　どう　かきますか。
１・２・３・４から　いちばん　いいものを　ひとつ　えらんで　ください。

1　すずきさんは　体が　じょうぶで　よく　はたらきます。
1　からだ　2　からっだ　3　がらた　4　からた

2　にちようびは　子供と　ゆうえんちに　いきます。
1　ごとも　2　こども　3　ことうも　4　ことも

3　どの　人が　やまださんですか。
1　じん　2　ひと　3　かた　4　さん

4　はしもとさんの　うちには　男の　子が　さんにん　います。
1　おんなの　こ　2　おうなの　こ　3　おどこの　こ　4　おとこの　こ

5　けさ、外国人と　えいごで　はなしました。
1　かいこくじん　2　がいこくじん　3かいごくにん　4　がいごくにん

6　きのう、友だちに　あいました。
1　どもだち　2　ようだち　3　ともだち　4　ゆうだち

7　テレビを　３じかんも　みたので、めが　つかれました。
1　旦　2　耳　3　目　4　日

8　へやの　なかに　こどもが　います。
1　千ども　2　子ども　3　供ども　4　午ども

9　たなかせんせいは　どの　かたですか。
1　人　2　様　3　方　4　達

10　らいげつ　あたらしい　おんなの　せんせいが　きます。
1　安　2　立　3　文　4　女

二、文法問題

もんだい１　（　　）に　何を　入れますか。１・２・３・４から　いちばん　いいもの を　一つ　えらんで　ください。

① 田中「山田さん。きのう　山田さんの　つくえの　したに　ペンが（　　）よ。これです。山田さんのでは　ありませんか。」

山田「あ。わたしのです。ありがとう　ございます。」

1　おちます　　2　おちました
3　おちて　います　　4　おちて　いました

② いえの　前に　くるま（　　）　とまりました。

1　が　　2　を　　3　に　　4　で

③ A「何を　して　いますか。」
B「ともだち（　　）　てがみを　書いて　います。」

1　に　　2　が　　3　で　　4　や

④ 田中「山田さんが　描いた　えは　どれですか。」
山田「わたしの　えは　あそこに　はって　（　　）。」

1　います　　2　あります　　3　します　　4　なります

⑤ この　お店では　外国の　おさけも　（　　）います。

1　うり　　2　うる　　3　うって　　4　うった

⑥ A「今日は　空（　　）　くもって　いますね。」
B「かさを　もって　行きましょう。」

1　に　　2　で　　3　が　　4　を

⑦ A「すみません。そこの　ペンを　（　　）。」
B「はい。どうぞ。」

1　とりませんか　　2　とりましょうか
3　とって　いますか　　4　とって　ください

模擬考題

8 A「たくさんの　子どもが　（　　　）ね。」
B「ほんとうですね。みんな　げんきですね。」

1　遊びます　　　　2　遊んで　います
3　遊びました　　　4　遊んで　いました

もんだい2　（1）　から　（2）　に　何を　入れますか。1・2・3・4から　いちばん　いいものを　一つ　えらんで　ください。

Q きのう、あねの　いえに　あそびに　いきました。あねは　きょねんから　東京の　大学に　行って　いますので、いまは　東京に　1人で（1）。あねの　アパートは　えきの　ちかくに　あります。とても　（2）、よる　おそくまで　でんしゃの　おとや　ひとの　こえが　うるさいです。

1
1　すみます
2　すんで　います
3　すみました
4　すんで　いました

2
1　べんりですので
2　べんりですが
3　べんりで
4　べんりに

もんだい３　（１）　から　（２）　に　何を　入れますか。１・２・３・４から　いちばん　いいものを　一つ　えらんで　ください。

Q　わたしの　いえは　とても　（１）、あたらしい　いえが　かいたいです。えきから　ちかい　ところに　すみたいですが、えきの　そばの　いえは　とても　たかいですから、きょうは　すこし　（２）　ところに　ある　いえを　みに　いきました。
あまり　べんりな　ところでは　ありませんが、にわが　ひろくて　とても　きれいな　いえでした。

①

1　ふるいので
2　ふるかったので
3　ふるいですが
4　ふるくないので

②

1　ちかい
2　とおい
3　たかい
4　ひくい

17 外食族，晚餐吃什麼？

いい　お店を　教えて　くださいませんか。

看圖記單字
絵を見て覚えよう

▶ T 17.1 聽聽看！再大聲唸出來

練習しよう

1 日本料理／日本菜	5 フランス料理／法國菜	9 韓国料理／韓國菜
2 インド料理／印度菜	6 アメリカ料理／美國菜	10 ベトナム料理／越南菜
3 中華料理／中國菜	7 タイ料理／泰國菜	11 スリランカ料理／斯里蘭卡菜
4 イタリア料理／義大利菜	8 ドイツ料理／德國菜	12 ギリシャ料理／希臘菜

靈活應用
応用編

▶ T 17.2 跟同伴好好練習下面的對話吧！

A：飲み物は　何に　なさいますか。

請問要什麼飲料呢？

B：そうですね。白ワインを　１杯　ください。

我想想。請給我一杯白酒。

A：おいしい　お酒を　飲みながら　おいしい　物を　食べるのは、最高ですね。

邊喝美酒，邊吃佳餚，真是太享受了。

B：私は　１人で　ご飯を　食べる　ことが　多いので、今日は　ありがとう。

我經常都是一個人吃飯，今天謝謝妳。

A：気を　使わないで　ください。よく　外食を　しますか。

請別客氣。您常在外面吃飯嗎？

B：ときどき　仕事が　終わらなくて　残業した　ときに　します。

有時工作做不完，不得不加班時，會在外面吃。

A：何を　食べますか。

吃些什麼呢？

B：よく　中華料理を　食べます。いい　お店を　教えてくださいませんか。

我常吃中國菜。妳可不可以介紹哪裡有好吃的餐館呢？

A：そうですね。「長春」という　お店は　おいしいです。後で　住所を　教えます。フランス料理は　どうですか。

讓我想一想喔。有家叫「長春」的餐廳很好吃。我等一下把地址給您。您喜歡法國菜嗎？

B：あまり　食べません。

我不太吃。

A：何か　嫌いな　ものは　ありますか。

有沒有不喜歡吃的食物呢？

B：羊の　肉が　苦手です。においが　慣れなくて。

我不敢吃羊肉。那股羶味實在吃不慣。

文法重點提要

- □ になさいますか
- □ ［動詞ます形］ながら、～
- □ （状況・状態）で
- □ こと
- □ ［動詞ない形］でください
- □ ［動詞ない形］なくて
- □ ［動詞て形］くださいませんか
- □ という［名詞］
- □ どこか／何か／誰か（疑問詞＋か）／どこも／何も／誰も（疑問詞＋も＋ません）

文法重點說明

1 飲み物は　何に　なさいますか。（請問要什麼飲料呢？）

「になさいますか」表示決定選定某事物。「なさいます」是「します」尊敬語。表示對客人的尊敬。

この　時計に　します。（我要這隻表。）

今日は　魚定食に　します。（今天吃魚定食。）

2 おいしい　お酒を　飲みながら　おいしい　物を　食べるのは、最高ですね。（邊喝美酒，邊吃佳餚，真是太享受了。）

「[動詞ます形] ながら、～」表示同一主體同時進行兩個動作。這時候後面的動作是主要的動作，前面的動作伴隨的次要動作。可譯作「一邊…一邊…」。

映画を　見ながら、泣きました。（邊看電影邊掉了眼淚。）

音楽を　聴きながら、ご飯を　作ります。（邊聽音樂，邊做飯。）

3 私は　１人で　ご飯を　食べる　ことが　多いので、（我經常都是一個人吃飯）

「（状況・狀態）で」表示在某種狀態、情況下做後項的事情。可譯作「在…」、「以…」。

笑顔で　写真を　撮ります。（展開笑容拍照。）

１７歳で　大学に　入ります。（在 17 歲時進入大學就讀。）

4 気を　使わないで　ください。（請別客氣。）

「[動詞ない形] でください」表示否定的請求命令，請求對方不要做某事。可譯作「請不要…」。

授業中は　話さないで　ください。（上課請不要說話。）

写真を　撮らないで　ください。（請不要拍照。）

5 ときどき　仕事が　終わらなくて　残業したときに　します。（有時工作做不完，不得不加班時，會在外面吃。）

「[動詞ない形] なくて」表示因果關係。由於無法達成、實現前項的動作，導致後項的發生。可譯作「因為沒有…」、「不…所以…」。

宿題が　終わらなくて、まだ　起きて　います。（功課寫不完，我還沒睡。）

子供が　できなくて、医者に　行って　います。
（一直都無法懷孕，所以去看醫生。）

6 いい　お店を　教えて　くださいませんか。（妳可不可以介紹哪裡有好吃的餐館呢？）

「[動詞て形] くださいませんか」跟「[動詞て形] ください」一樣表示請求。但是說法更有禮貌，由於請求的內容給對方負擔較大，因此有婉轉地詢問對方是否願意的語氣。可譯作「能不能請你…」。

お名前を　教えて　くださいませんか。（能不能告訴我您的尊姓大名？）

先生、もう　少し　ゆっくり　話して　くださいませんか。

（老師，能否請您講慢一點？）

7 「長春」という　お店は　おいしいです。（有家叫「長春」的餐廳很好吃。）

「という [名詞]」表示說明後面這個事物、人或場所的名字。一般是說話人或聽話人一方，或者雙方都不熟悉的事物。可譯作「叫做…」。

花子という　花屋は　どこですか。（叫花子的花店在哪裡？）

楊さんという　人が　来ました。（有位姓楊的來了。）

8 何か　嫌いな　ものは　ありますか。（有沒有不喜歡吃的食物呢？）

「どこか / 何か / 誰か / どこも / 何も / 誰も 」具有不確定，沒辦法具體說清楚之意的「か」，接在疑問詞「なに」的後面，表示不確定。可譯作「某些」、「什麼」；接在「だれ」的後面表示不確定是誰。可譯作「某人」；接在「どこ」的後面表示不肯定的某處，再接表示方向的「へ」。可譯作「去某地方」。

暑いから、何か　飲みましょう。（好熱喔，去喝點什麼吧。）

誰か　窓を　しめて　ください。（誰來把窗戶關一下吧。）

我喜歡用餐的地方
私の好きな店

▶ 平常您都到哪裡進餐呢？常去的地方就打勾。

☐ 

料亭（りょうてい）／高級日本料理店

☐ 

レストラン／餐廳

☐ 

バー／酒吧

☐ 

ファストフード店（てん）／速食店

☐ 

屋台（やたい）／路邊攤

☐ 

高級（こうきゅう）レストラン／高級餐廳

對話練習
話してみよう

▶ T 17.3 要怎麼點菜呢？請參考 1 的說法，然後跟同伴練習對話 2 到 4 。

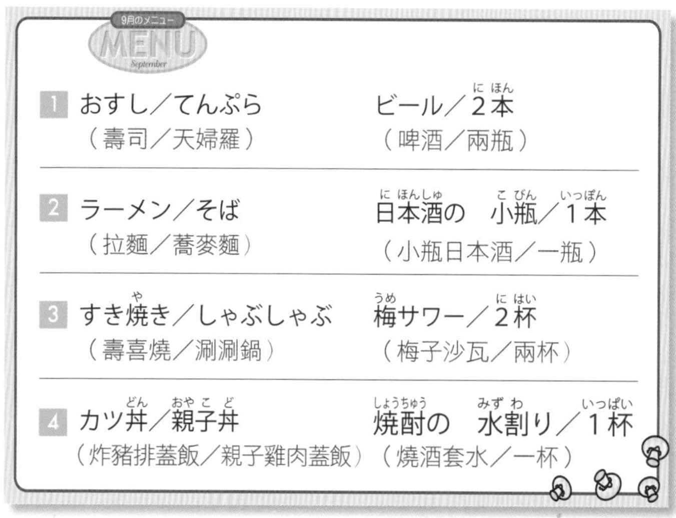

9月のメニュー
MENU
September

	料理	飲料
1	おすし／てんぷら（壽司／天婦羅）	ビール／2本（にほん）（啤酒／兩瓶）
2	ラーメン／そば（拉麵／蕎麥麵）	日本酒（にほんしゅ）の 小瓶（こびん）／1本（いっぽん）（小瓶日本酒／一瓶）
3	すき焼（や）き／しゃぶしゃぶ（壽喜燒／涮涮鍋）	梅（うめ）サワー／2杯（にはい）（梅子沙瓦／兩杯）
4	カツ丼（どん）／親子丼（おやこどん）（炸豬排蓋飯／親子雞肉蓋飯）	焼酎（しょうちゅう）の 水割（みずわ）り／1杯（いっぱい）（燒酒套水／一杯）

▶▶ 其它參考對話詳見P145

1
A：いらっしゃいませ。何（なに）に なさいますか。
歡迎光臨。您要點什麼？

B：おすしと てんぷらを ください。
給我們壽司跟天婦羅。

A：お飲（の）み物（もの）は 何（なに）に なさいますか。
您要點什麼飲料？

B：ビールを 2本（にほん） ください。
給我們兩瓶啤酒。

A：はい、かしこまりました。
好的。

▶ 以自己喜歡的食物和飲料為話題，參考上面的對話，跟同伴練習。

聽力練習
聞き取り練習

T 17.4 人們在談論自己的健康管理情況，請一邊聽一邊幫他們打勾做記錄。

	1 お酒／酒	2 スポーツ／運動	3 果物／水果	4 野菜／蔬菜	5 お肉／肉
よく／經常	☐	☐	☐	☐	☐
ときどき／偶爾	☐	☐	☐	☐	☐
あまり／不常	☐	☐	☐	☐	☐
全然／完全不	☐	☐	☐	☐	☐

答案及翻譯詳見P145

T 17.5 好好跟同伴檢視自己日常生活，參考以下對話，跟同伴練習說日語！

A： 鈴木さんは　**よく**　**タバコを**　**吸います**か。

鈴木先生你常抽煙嗎？

B： **いいえ、あまり**　**吸いません**。青木さんは。

不，不怎麼抽。青木小姐呢？

A： 私は　**全然**　**吸いません**。じゃ、**お酒**は　どうですか。

我完全不抽。那酒呢？

B： **お酒**ですか。**ときどき**　**飲みます**よ。妻と　２人で　**チーズを**　**食べ**ながら　**ワインを**　**飲む**のが　好きです。

酒啊！我偶爾喝。我很喜歡跟太太兩人一邊吃起士，一邊喝葡萄酒。

A： 私は　ほとんど　毎日　１人で　飲みます。**枝豆を**　**食べ**ながら　**ビールを**　**飲む**のが　好きです。

我幾乎每天都會一個人喝酒。我喜歡一邊吃毛豆，一邊喝啤酒。

B： 飲み過ぎないで　くださいね。食事を　きちんと　取らないで　**お酒を**　**たくさん**　**飲む**のは　体に　悪いですよ。

請不要喝太多了。不好好吃飯，又喝很多酒，對身體很不好喔。

幸運食物
縁起のよい食べ物

▶ 每個國家都有不同的風俗習慣，看看下面這些食物，在新年裡可以給人們帶來什麼好運呢？

1. みかん

橘子。中國因為柑橘的發音跟外形，所以相信在過年吃柑橘，可以讓新的一年，既甘甜又圓滿。

2. りんご

蘋果。猶太人認為吃蘋果配蜂蜜，可以讓人們在新的一年，甜甜蜜蜜的。

3. ぶどう

葡萄。西班牙及部分拉丁美洲國家人民，相信在聖誕夜吃 12 個葡萄，可以在未來一年的 12 個月裡，都很幸運。

4. 昆布（こんぶ）

昆布。日本新年年菜「おせち料理」（御節料理）中不可或缺的料理元素，由於擷取「喜ぶ」（よろこぶ，高興）的發音，所以也帶有幸運的意思。

讀解練習
読んでみよう

▶ 請閱讀以下短文，試著回答下列問題。

閱讀

ダイエットで 大事なのは、運動と 食事の 2つです。私は よく 公園で、音楽を 聞きながら 早く 歩きます。お風呂は 38度で だいたい 1時間 入ります。食事は、朝は たくさん、昼は 普通、夜は 少しに します。朝ご飯を 全然 食べない 人が いますが、それでは 痩せません。

1 ダイエットの 成功には、何が 大事ですか。

❶ 運動と お風呂　❷ お風呂と 食事　❸ 運動と 食事　❹ 朝ご飯

2 朝ご飯を 全然 食べない 人は、どうなりますか。

❶ 痩せます。　❷ 痩せません。

❸ 痩せる 人も 痩せない 人も います。　❹ 太ります。

翻譯　**解答**

減肥最重要的，就是運動及飲食這兩項了。我常常在公園裡邊聽音樂邊快走。泡澡用38度的水，大約浸一個小時。飲食方面，早上吃得多、中午吃一般份量、晚上吃得很少。也有人完全不吃早餐，但那樣是不會瘦下來的。

---

1 減肥要成功，最重要的是什麼？

❶ 運動及泡澡　❷ 泡澡及飲食　❸ 運動及飲食　❹ 吃早餐

2 完全不吃早餐的人，會怎麼樣呢？

❶ 會瘦。　❷不會瘦。　❸ 有會瘦的人，也有不會瘦的人。　❹ 會胖。

答案：1 3，2 2

Lesson 17

N5單字總整理！

剛上完一課，快來進行單字總復習！
在日檢考試前，幫您做好萬全準備！

副詞、副助詞

- 余り（〈後接否定〉不太～，不怎麼～）
- 一々（一一，一個一個；全部；詳細）
- 一番（最初，第一；最好；最優秀）
- 何時も（經常，隨時，無論何時；日常，往常）

- すぐ（に）（馬上，立刻；輕易；〈距離〉很近）
- 少し（一下子；少量，稍微，一點）
- 全部（全部，總共）
- 大抵（大體，差不多；〈下接推量〉多半；〈接否定〉一般）
- 大変（很，非常，大）
- 沢山（很多，大量；足夠，不再需要）
- 多分（大概，或許；恐怕）
- 段々（漸漸地）
- 丁度（剛好，正好；正，整；剛，才）
- 一寸（稍微；一下子；〈下接否定〉不太～，不太容易～）
- どう（怎麼，如何）
- どうして（為什麼，何故；如何，怎麼樣）
- どうぞ（〈表勸誘，請求，委託〉請；〈表承認，同意〉可以，請）

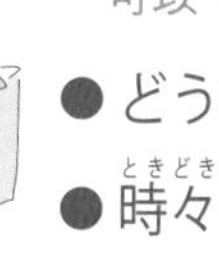

- どうも（怎麼也，總是，實在；太，謝謝）
- 時々（有時，偶而）
- とても（很，非常）
- 何故（為何，為什麼）
- 初めて（最初，初次，第一次）
- 本当に（真正，真實）
- 又（還，又，再；也，亦；而）
- 未だ（還，尚；仍然；才，不過；並且）
- 真っ直ぐ（筆直，不彎曲；一直，直接）
- もう（另外，再）
- もう（已經；馬上就要）
- もっと（更，再，進一步，更稍微）
- ゆっくり（と）（更，再，進一步，更稍微）
- よく（經常，常常）
- 如何（如何，怎麼樣）
- ～位／～位（大概，左右〈數量或程度上的推測〉，上下）
- ずつ（〈表示均攤〉每～，各～；表示反覆多次）
- だけ（只～）
- ながら（邊～邊～，一面～一面～）

模 擬 考 題

一、文字、語彙問題

もんだい１　（　　）に　なにを　いれますか。１・２・３・４から　いちばん　いいものを　ひとつ　えらんで　ください。

① まだ　じかんが　ありますので、（　　　　）　いきましょう。

1　ゆっくり
2　だんだん
3　たいへん
4　ちょうど

② わたしの　うちは　えきから　（　　　　）ちかく　ありません。

1　よく　　2　あまり　　3　すぐに　　4　たくさん

③ へやを　（　　　　）あかるく　して　ください。

1　もっと　　2　たいてい　　3　よく　　4　もう

④ A「さくぶんは　出しましたか。」
B「いいえ、（　　　　）　です。」

1　まだ　　2　だんだん
3　もう　　4　よく

⑤ かんじは　はじめは　やさしいですが、＿＿むずかしく　なります。

1　よく　　2　まだ　　3　ちょうど　　4　だんだん

もんだい２（　　）に　なにを　いれますか。１・２・３・４から　いちばん　いいものを　ひとつ　えらんで　ください。

① まいにち　７じに　いえを　でて、しごとに　いきます。

1　いつも　７じに　でかけます。
2　ときどき　７じに　でかけます。
3　いつも　７じに　つきます。
4　ときどき　７じに　つきます。

二、文法問題

もんだい１　（　　）に　何を　入れますか。１・２・３・４から　いちばん　いいものを　一つ　えらんで　ください。

1　A「クラスに　すずきさん（　　）　いう　人が　いますか。」
B「ええ、いますよ。」

1　が　　2　と　　3　を　　4　で

2　すみません。もうすこし　おおきい　こえで　話して　（　　）。

1　ないで　ください　　2　くださいませんか
3　ませんか　　4　でしょうか

3　わたしは　いつも　おんがくを　（　　）　えを　描きます。

1　きいたり　　2　ききます
3　ききますが　　4　ききながら

4　たてものの　なかでは　しゃしんを　（　　）ないで　ください。

1　とら　　2　とり　　3　とる　　4　とれ

5　ジョンさんは　17 さい（　　）　だいがくに　はいりました。

1　に　　2　が　　3　で　　4　の

6　A「もう　1時ですね。（　　）　食べに　行きましょうか。」
B「そうしましょう。」

1　何か　　2　何も　　3　何に　　4　何で

7　山田「もしもし、田中さん。いま　どこに　いますか。」
田中「あ、山田さん。わたしは　まだ　しごとが　（　　）　会社に　います。」

1　おわるから　　2　おわって
3　おわらなくて　　4　おわったので

もんだい2　＿＿★＿＿に　入る　ものは　どれですか。1・2・3・4から　いちばん　いいものを　一つ　えらんで　ください。

1　A「すずき　じろう　＿＿＿　＿＿＿　＿★＿　＿＿＿　しって　いますか。」
B「ええ。しって　います。」

1　ひと　　2　と　　3　を　　4　いう

2　A「中山先生は　きょうしつに　いますか。」
B「いいえ、いま　きょうしつ　＿＿＿　＿＿＿　＿★＿　＿＿＿　いませんよ。」

1　だれ　　2　は　　3　も　　4　に

3　田中「山田さんは　＿＿＿　＿＿＿　＿★＿　＿＿＿　でかけましたか。」
山田「いいえ。きのうは　いちにちじゅう　いえに　いました。」

1　へ　　2　どこ　　3　きのう　　4　か

もんだい3　（1）　から　（3）　に　何を　入れますか。1・2・3・4から　いちばん　いいものを　一つ　えらんで　ください。

Q　わたしは　アメリカから　来ました。にほんに　来てから　もうすぐ　1ねんに（1）。ともだちも　たくさん　いますから、まいにち　とても　たのしいです。でも　べんきょうが　いそがしいですから、にほんに　来てから　まだ　どこ（2）　あそびに　いって　いません。なつやすみには　おおさかへ　あそびに　いきたいです。だれ（3）　いっしょに　いきませんか。

1
1　します　　2　あります　　3　います　　4　なります

2
1　には　　2　では　　3　にも　　4　でも

3
1　が　　2　か　　3　と　　4　を

18 跟著老師一起動動動！

スポーツは　何か　しますか。

看圖記單字
絵を見て覚えよう

▶ T 18.1　聽聽看！再大聲唸出來

1

2

3

4

5

6

7

8

9

10

11

12

練習しよう

1 野球（やきゅう）／棒球	5 ジョギング／慢跑	9 水泳（すいえい）／游泳
2 サッカー／足球	6 スキー ／滑雪	10 エアロビクス／韻律體操
3 テニス／網球	7 バスケットボール／籃球	11 バレーボール／排球
4 ゴルフ／高爾夫球	8 卓球（たっきゅう）／桌球	12 ボーリング／保齡球

文法重點提要

- □［時間］に［回数］
- □［動詞辞書形］／［名詞］のまえに
- □［動詞た形］／［名詞］のあとで
- □ たち／がた
- □［動詞ます形］たいです
- □ どうして／［文章］から
- □［動詞て形］から
- □［名詞］にいい

靈活應用
応用編

▶ T 18.2 邊聽MP3，邊跟同伴練習下面的對話吧！

A：スポーツは　何(なに)か　しますか。

您做哪些運動呢？

B：週(しゅう)に　3回(さんかい)、出勤(しゅっきん)の　前(まえ)に　ジョギングを　します。それから、月(つき)に　2回(にかい)ぐらい、仕事(しごと)の　後(あと)で　会社(かいしゃ)の　仲間(なかま)たちと　テニスを　します。

每星期有三天在上班前去慢跑。還有，每個月兩次左右，下班後和公司同事打網球。

A：私(わたし)も　いっしょに　テニスを　やりたいです。いいですか。

我也想和你們一起打網球，可以嗎？

B：いいですが、どうしてですか。

可以是可以，為什麼呢？

A：私(わたし)は　大学(だいがく)を　卒業(そつぎょう)して　から　2年(にねん)　何(なに)も　スポーツを　して　いません。でも、スポーツは　体(からだ)に　いいですから。

我從大學畢業以後，這兩年來沒做過任何運動。但是，做運動對身體很好，所以……。

▶ 好好表現一下囉！平常您喜歡做的運動有哪些？請參考以上對話，跟同伴練習。

文法重點說明

週に　3回、出勤の　前に　ジョギングを　します。（每星期有三天在上班前去慢跑。）

「［時間］に［回数］」表示某一範圍内的數量或次數。

月に　2回、テニスを　します。（一個月打兩次網球。）

半年に　一度、国に　帰ります。（半年回國一次。）

「［動詞辞書形］まえに」表示動作的順序，也就是做前項動作之前，先做後項的動作。句尾的動詞即使是過去式，「まえに」的動詞也要用辭書形。可譯作「…之前，先…」；「［名詞］のまえに」表示空間上的前面，或是某一時間之前。可譯作「…的前面」。

テレビを　見る　前に、朝ご飯を　食べました。

（在看電視之前，先吃了早餐。）

私は　いつも　寝る　前に、歯を　磨きます。（我都是睡前刷牙。）

おふろの　前に　トイレに　入ります。（洗澡前先上廁所。）

食事の　前に　手を　洗います。（吃飯前先洗手。）

2 仕事の　後で　会社の　仲間たちと　テニスを　します。（下班後和公司同事打網球。）

「［動詞た形］／［名詞］のあとで」表示前項的動作做完後，做後項的動作。是一種按照時間順序，客觀敘述事情發生經過的表現。而且前後兩項動作相隔一定的時間發生。可譯作「…以後…」。

掃除したあとで、出かけます。（打掃後出門去。）

お風呂に　入ったあとで、ビールを　飲みます。（洗完澡後，喝啤酒。）

テレビの　あとで　寝ます。（看完電視後睡覺。）

トイレの　あとで　おふろに　入ります。（上完廁所後洗澡。）

接尾詞「たち」接在「私」、「あなた」等人稱代名詞的後面，表示人的複數。可譯作「…們」。接尾詞「がた」也是表示人的複數的敬稱，說法更有禮貌。可譯作「…們」。

子供たちが　歌って　います。（小朋友們正在唱歌。）

先生方は　あそこですね。（老師在那裡。）

3 私（わたし）も　いっしょに　テニスを　やりたいです。（我也想和您們一起打網球。）

「[動詞ます形] たいです」表示說話人（第一人稱）內心希望某一行為能實現，或是強烈的願望。疑問句時表示聽話者的願望。「たい」跟「ほしい」一樣也是形容詞。可譯作「…想要做…」。

果物（くだもの）が　食（た）べたいです。（我想要吃水果。）

私（わたし）は　医者（いしゃ）に　なりたいです。（我想當醫生。）

4 どうしてですか。（為什麼呢？）

「なぜ」跟「どうして」一樣，都是詢問理由的疑問詞。口語常用「なんで」。可譯作「為什麼」。

どうして　元気（げんき）が　ありませんか。（為什麼沒有精神呢？）

なぜ　食（た）べませんか。（為什麼不吃呢？）

5 私（わたし）は　大学（だいがく）を　卒業（そつぎょう）してから　2年（にねん）　何（なに）も　スポーツを　していません。（我從大學畢業以後，這兩年來沒做過任何運動。）

「[動詞て形] から」。結合兩個句子，表示前句的動作做完後，進行後句的動作。這個句型強調先做前項的動作。可譯作「先做…，然後再做…」。

よる　歯（は）を　磨（みが）いてから、寝（ね）ます。（晚上刷完牙後再睡覺。）

テープを　入（い）れてから、青（あお）い　ボタンを　押（お）します。
（放入錄音帶後再按藍色按鈕。）

6 スポーツは　体（からだ）に　いいですから。（做運動對身體很好，所以……。）

「[文章] から」表示原因、理由。一般用於說話人出於個人主觀理由，進行請求、命令、希望、主張及推測。是比較強烈的意志性表達。可譯作「因為…」。

もう　遅（おそ）いから、家（うち）へ　帰（かえ）ります。（因為已經很晚了，我要回家了。）

忙（いそが）しいから、新聞（しんぶん）を　読（よ）みません。（因為很忙所以不看報紙。）

「[名詞] にいい」表示對某事物好的句型。

填填看
やってみよう

▶ 您和朋友都做過下面的這些運動嗎？做過的話請打勾。

あなた／你	はい／是	いいえ／否
テニス／網球	□	□
ゴルフ／高爾夫球	□	□
ジョギング／慢跑	□	□
スキー／滑雪	□	□
バスケットボール／籃球	□	□
卓球（たっきゅう）／桌球	□	□
水泳（すいえい）／游泳	□	□
エアロビクス／韻律體操	□	□
バレーボール／排球	□	□
ボーリング／保齡球	□	□
その他（た）＿＿＿＿／其他	□	□

お友（とも）だち／朋友	はい／是	いいえ／否
テニス／網球	□	□
ゴルフ／高爾夫球	□	□
ジョギング／慢跑	□	□
スキー／滑雪	□	□
バスケットボール／籃球	□	□
卓球（たっきゅう）／桌球	□	□
水泳（すいえい）／游泳	□	□
エアロビクス／韻律體操	□	□
バレーボール／排球	□	□
ボーリング／保齡球	□	□
その他（た）＿＿＿＿／其他	□	□

▶ 週末想做什麼運動呢？趕快拿起你的裝備出發吧！

對話練習ア
話してみよう

▶ T 18.3 您喜歡什麼樣的運動呢？請參考圖 1 對話，然後跟同伴練習說說看圖 2 到 4 。最後一句紫色日文請自由發揮囉！

① テニス／網球

日 月 火 水 木 金 土

② バスケットボール／籃球

日 月 火 水 木 金 土

③ ゴルフ／高爾夫球

日 月 火 水 木 金 土

④ 水泳／游泳

日 月 火 水 木 金 土

▶▶ 其它參考對話詳見P145

對話練習イ 話してみよう

在繁忙的生活裡，絕不能缺少休閒活動的調劑。您喜歡什麼類型的活動呢？不管是什麼，快讓屁股離開沙發，趕快行動吧！

▶ T 18.4 請參考圖１對話，然後跟同伴練習說說看圖２到６。

1

スポーツ（運動）
週（しゅう）／3回（さんかい）（週／三次）
ダイエットして　います（減肥）

2

ピクニック（野餐）
月（つき）／1回（いっかい）（月／一次）
楽（たの）しいです（開心）

3

海外旅行（かいがいりょこう）（出國旅行）
年（ねん）／2回（にかい）（年／兩次）
海外（かいがい）は　おもしろいです
（國外很有趣）

4

ドライブ（開車兜風）
週（しゅう）／1回（いっかい）（週／一次）
ストレス解消（かいしょう）に　なります
（可以消除壓力）

5

お祭（まつ）り（廟會）
年（ねん）／4回（よんかい）（年／四次）
にぎやかです（熱鬧）

6

お花（はな）を　見（み）る（賞花）
年（ねん）／4回（よんかい）（年／四次）
お花（はな）が　好（す）きです
（喜歡花）

A：私（わたし）は　**スポーツ**が　好（す）きです。**週**（しゅう）　**3回**（さんかい）ぐらい　します。
我喜歡運動。一週大約運動三次。

B：どうしてですか。
為什麼？

A：ダイエットして　いますから。
因為我在減肥。

換掉紫色字就可以用日語聊天了～

▶▶ 其它參考對話詳見P146

填填看
やってみよう

▶ 定期的運動是很重要的。下面這些運動，有哪些是您想嘗試去做的呢？有的話請打勾。

スポーツ／運動	はい／是	いいえ／否
テニス／網球	□	□
ゴルフ／高爾夫球	□	□
ジョギング／慢跑	□	□
スキー／滑雪	□	□
バスケットボール／籃球	□	□
卓球（たっきゅう）／桌球	□	□
水泳（すいえい）／游泳	□	□
エアロビクス／韻律體操	□	□
バレーボール／排球	□	□
ボーリング／保齡球	□	□
その他（た）________／其他	□	□

▶ **小專欄**

您知道目前亞洲最多次被選為「オリンピック」（奧運）主辦國的是哪一個國家嗎？答案就是日本囉！

日本分別於1972年、1998年，在「札幌」（さっぽろ）、「長野」（ながの）舉行冬季奧運。首都「東京」則繼1964年的夏季奧運後，再度拿下2020年奧運的主辦權。在景氣低迷的情勢下，許多日本國民也冀望藉由奧運的舉辦，帶動日本經濟復甦。如果想在2020年親自觀禮東京奧運的話，現在就趕快學好日語吧！

讀解練習
読んでみよう

▶ 請閱讀以下短文，試著回答下列問題。

閱讀

彼に　ハンバーグを　作りたいので、彼に　出す前に　3日に　1回　作って　練習して　います。ハンバーグには、火を　止めて　から　チーズを　載せます。チーズが溶けたあとで、お皿に　移します。それから、サラダも　作ります。野菜は　体に　いいですから。

1 この　人は　何を　して　いますか。

❶ ハンバーグを　彼に　作って　います。

❷ ハンバーグを　作る　練習を　して　います。

❸ ハンバーグを　3日に　1回　食べて　います。

❹ チーズに　ハンバーグを　載せて　います。

2 なぜ　サラダを　作りますか。

❶ 野菜は　おいしいから　❷ 体が　悪いから

❸ 健康に　いいから　❹ 彼が　サラダを　好きだから

翻譯　解答

我想做漢堡給男友吃，所以在做給他之前，我每三天會試做一次。要在關火以後，才把起士放到漢堡上，等到起士融化了，再移放到盤子上。接下來，我還做了沙拉，因為蔬菜對身體很好。

---

1 這個人都在做什麼呢？

❶ 做漢堡給男友吃。　❷ 練習試做漢堡。

❸ 三天吃一次漢堡。　❹ 把漢堡放到起士上。

2 為什麼做沙拉呢？

❶ 因為蔬菜很好吃　❷ 因為身體不好　❸ 因為有益健康　❹ 因為男友喜歡吃沙拉

答案：1 2，2 3

Lesson 18

N5單字總整理！

剛上完一課，快來進行單字總復習！
在日檢考試前，幫您做好萬全準備！

有自動詞他動詞的

開く
（打開，開〈著〉）

開ける
（打開；開始）

掛かる
（懸掛，掛上）

掛ける
（掛在〈牆壁〉；戴上〈眼鏡〉）

消える
（〈燈，火等〉熄滅）

消す
（熄掉，撲滅）

閉まる
（關閉）

閉める
（關閉，合上）

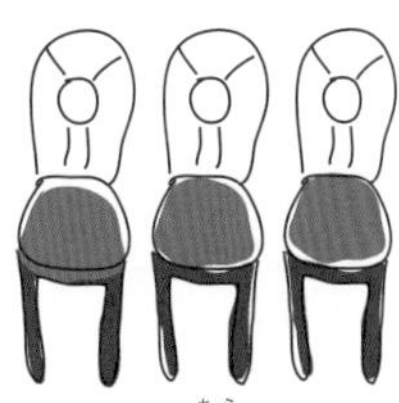

並ぶ
（並排，並列）

並べる
（排列，陳列）

始まる（開始，開頭）

始める（開始，創始）

模擬考題

一、文字、語彙問題

もんだい１（　　）に　なにを　いれますか。１・２・３・４から　いちばん　いいものを　ひとつ　えらんで　ください。

1 ネクタイを　（　　）　かいぎに　でます。

1　あいて　　2　あけて　　3　しまて　　4　しめて

2 おじは　しんぶんを　よむとき　めがねを（　　）。

1　かけます　　2　きます　　3　はきます　　4　かぶります

もんだい２　＿＿＿の　ぶんと　だいたい　おなじ　いみの　ぶんが　あります。１・２・３・４から　いちばん　いいものを　ひとつ　えらんで　ください。

1 かれは　いつも　でんきを　つけて　ねます。

1　かれは　いつも　へやを　くらく　して　ねます。

2　かれは　いつも　へやを　くらく　しないで　ねます。

3　かれは　いつも　へやを　せまく　して　ねます。

4　かれは　いつも　へやを　ひろく　して　ねます。

2 あの　ドアは　あいて　います。

1　あの　ドアは　あきません。　　2　あの　ドアは　あけて　ありません。

3　あの　ドアは　しまって　いません。　　4　あの　ドアは　しめて　あります。

3 きのう　デパートは　しまって　いました。

1　きのう　デパートは　あいて　いました。

2　きのう　デパートは　やって　いました。

3　きのう　デパートは　あいて　いませんでした。

4　きのう　デパートに　いきませんでした。

4 テーブルに　りょうりを　ならべて　ください。

1　テーブルに　りょうりを　おいて　ください。

2　テーブルで　りょうりを　つくって　ください。

3　テーブルの　りょうりを　たべて　ください。

4　テーブルに　りょうりを　かけて　ください。

二、文法問題

もんだい１　（　　　）に　何を　入れますか。１・２・３・４から　いちばん　いいものを　一つ　えらんで　ください。

1　A「あついですね。何か　のみませんか。」
B「そうですね。わたしは　つめたい　ジュースが　（　　　）。」

1　のみましょう　　2　ください　　3　のんで　ください　　4　のみたいです

2　A「つかれましたね。そこの　きっさてんで　すこし（　　　）から　行きましょうか。」
B「そうしましょう。」

1　やすんだ　　2　やすんで　　3　やすみ　　4　やすむ

3　A「いつ　おふろに　入りますか。」
B「ごはんを　食べる　（　　　）　入ります。」

1　まえに　　2　あとで　　3　のまえに　　4　のあとで

4　山田「ジョンさんは　１ねん（　　　）　何かい　国に　かえりますか。」
ジョン「なつと　ふゆの　２かい　かえります。」

1　から　　2　に　　3　が　　4　と

もんだい２　＿★＿　に　入る　ものは　どれですか。１・２・３・４から　いちばん　いいものを　一つ　えらんで　ください。

1　大川「原田さん　＿＿　＿＿　＿★＿　＿＿　そとで　ばんごはんを　たべますか。」
原田「３かいぐらいです。」

1　に　　2　は　　3　１しゅうかん　　4　何かい

2　田中「山田さん。でんわですよ。」
山田「すみません。かぜで　あたまが　いたいです。いま　＿＿　＿＿
＿★＿　＿＿　はなしたく　ありません。」

1　と　　2　だれ　　3　も　　4　は

3　A「おひるごはん　＿＿　＿＿　＿★＿　＿＿　を　さんぽ　しませんか。」
B「いいですね。そうしましょう。」

1　で　　2　こうえん　　3　の　　4　あと

19 來看看喔！喜歡都可以帶一件喔～

帽子が　ほしいです。

看圖記單字
絵を見て覚えよう

▶ T 19.1　聽聽看！再大聲唸出來

練習しよう

1	ワンピース／連身洋裝	5	帽子（ぼうし）／帽子	9	ワイシャツ／白襯衫
2	ズボン／褲子	6	くつ／鞋子	10	かばん／包包
3	スカート／裙子	7	下着（したぎ）／內衣	11	マフラー／圍巾
4	背広（せびろ）／西裝	8	ネクタイ／領帶	12	Tシャツ／T恤

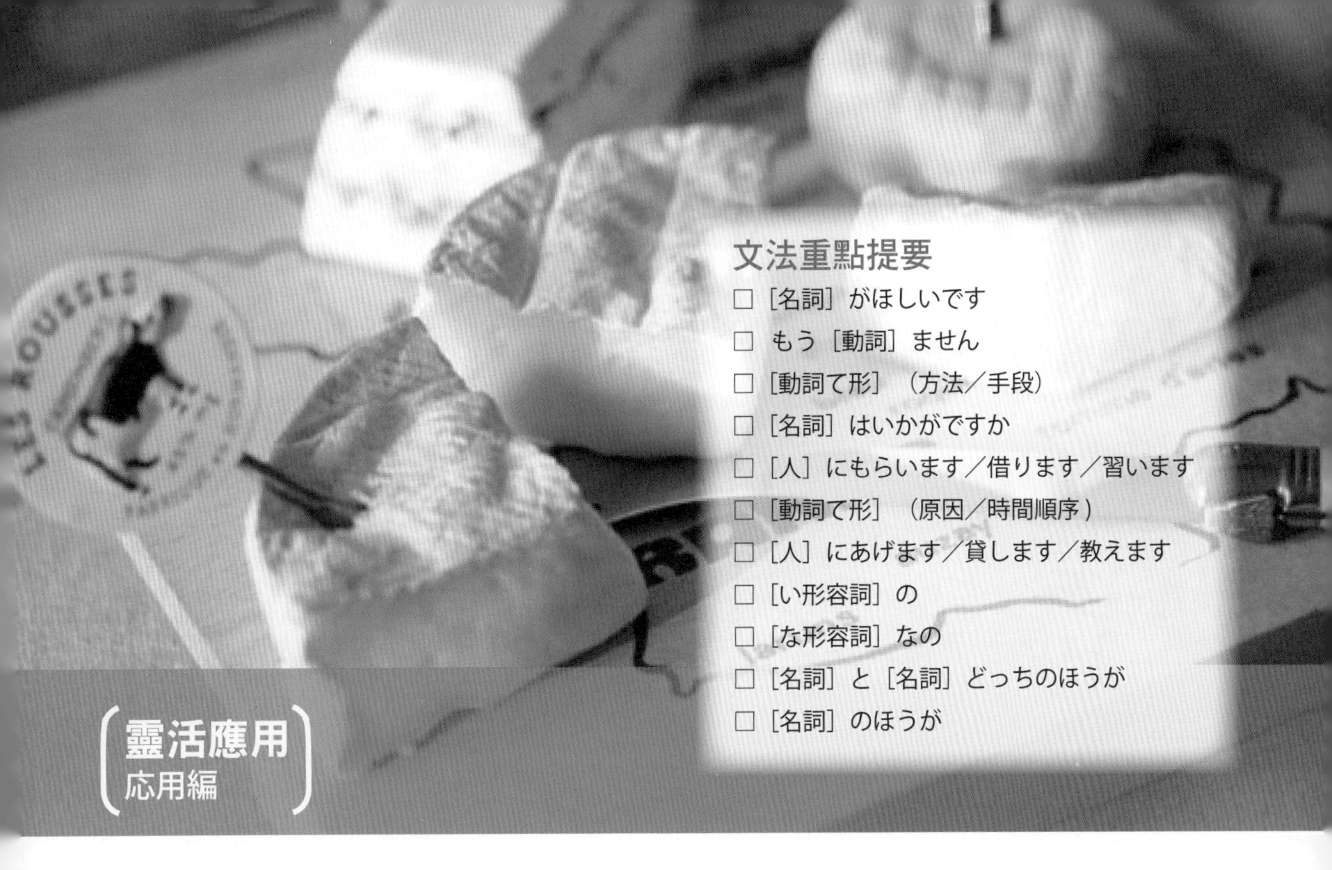

文法重點提要

- □［名詞］がほしいです
- □ もう［動詞］ません
- □［動詞て形］（方法／手段）
- □［名詞］はいかがですか
- □［人］にもらいます／借ります／習います
- □［動詞て形］（原因／時間順序）
- □［人］にあげます／貸します／教えます
- □［い形容詞］の
- □［な形容詞］なの
- □［名詞］と［名詞］どっちのほうが
- □［名詞］のほうが

靈活應用
応用編

▶ T 19.2　最喜歡跟好姐妹一起血拼了，但怎麼用日語跟店家溝通呢？跟同伴練習下面的對話吧！

A：いちごの　ケーキが　ほしいです。

我想要草莓蛋糕。

B：申し訳ありません、お客様。今日は　もう　ありません。人気が　あって、売り切れました。

這位顧客，不好意思，今天已經沒有了。這一種很受歡迎，已經賣完了。

A：そうですか。では、チョコレートの　ケーキが　ほしいです。

這樣喔。那麼，我要巧克力蛋糕。

B：この　三角の　ケーキは　いかがですか。ご試食を　どうぞ。

這種三角形的蛋糕如何？歡迎試吃。

A：あ、もう　ほかの　店員さんに　もらいました。試食して、こっちの　四角いのに　決めました。

哦，別的店員已經讓我吃過了。我試吃以後，決定要買這種四方形的。

B：かしこまりました。おいくつですか。

感謝您的選購。請問要幾塊呢？

A：2つ　お願いします。人に　あげるので、きれいに　包んで　ください。

請給我兩塊。這是要送禮的，請幫我包裝得漂亮一點。

B：包み紙は　赤いのと　模様が　華やかなのと　どっちの　ほうが　好きですか。

包裝紙有紅色的和圖案繽紛的，請問您喜歡哪一種？

A：そっちの　紙の　ほうが　好きです。リボンも　かけて　ください。

我喜歡那一種包裝紙。也請綁上緞帶。

文法重點說明

1 いちごの　ケーキが　ほしいです。（我想要草莓蛋糕。）

「[名詞] がほしいです」表示說話人（第一人稱）想要把什麼東西弄到手，想要把什麼東西變成自己的，希望得到某物的句型。「ほしい」是表示感情的形容詞。希望得到的東西，用「が」來表示。疑問句時表示聽話者的希望。可譯作「…想要…」。

私(わたし)は　自分(じぶん)の　部屋(へや)が　ほしいです。（我想要有自己的房間。）

新(あたら)しい　洋服(ようふく)が　ほしいです。（我想要新的洋裝。）

2 今日(きょう)は　もう　ありません。（今天已經沒有了。）

「もう [動詞] ません」「否定」後接否定的表達方式 表示不能繼續某種狀態了。一般多用於感情方面達到相當程度。可譯作「已經不…了」。

もう　飲(の)みたく　ありません。（我已經不想喝了。）

紙(かみ)は　もう　ありません。（已經沒紙了。）

3 人気(にんき)が　あって、売(う)り切(き)れました。（這一種很受歡迎，已經賣完了。）

「動詞て形」表示行為的方法或手段。

ＣＤ(シーディー)を　聞(き)いて、勉強(べんきょう)します。（聽 CD 來讀書。）

バスに　乗(の)って、海(うみ)へ　行(い)きました。（坐公車到海邊。）

4 ここの　三角(さんかく)の　ケーキは　いかがですか。（這種三角形的蛋糕如何？）

「[名詞] はいかがですか」。「どう」詢問對方的想法及對方的健康狀況，還有不知道情況是如何或該怎麼做等。可譯作「如何」、「怎麼樣」。「いかが」跟「どう」一樣，只是說法更有禮貌。可譯作「如何」、「怎麼樣」。兩者也用在勸誘時。

テストは　どうでしたか。（考試考得怎樣？）

コーヒーを　いっぱい　いかがですか。（來杯咖啡如何？）

5 もう　ほかの　店員(てんいん)さんに　もらいました。（別的店員已經讓我吃過了。）

「もう [動詞] ました」和動詞句一起使用，表示行為、事情到了某個時間已經完了。用在疑問句的時候，表示詢問完或沒完。可譯作「已經…了」。

病気(びょうき)は　もう　治(なお)りました。（病已經治好了。）

妹(いもうと)は　もう　出(で)かけました。（妹妹已經出門了。）

「[人] にもらいます / 借ります / 習います」表示從「に」前接的某人那裡獲得某物 / 借到某物 / 學到某事。

6 **試食して、こっちの　四角いのに　決めました。**（我試吃以後，決定要買這種四方形的。）

「[動詞て形]（原因）」動詞て形也可以表示原因。也有表示順序的意思。

お金が　なくて、困って　います。（沒有錢很煩惱。）

風邪を　引いて、頭が　痛いです。（感冒了頭很痛。）

7 **おいくつですか。**（請問要幾塊呢？）

「いくつ（個数）」表示不確定的個數，只用在問小東西的時候。可譯作「幾個」、「多少」。也可以詢問年齡。可譯作「幾歲」。

りんごは　いくつ　ありますか。（有幾個蘋果？）

8 **人に　あげるので、きれいに　包んで　ください。**（這是要送禮的，請幫我包裝得漂亮一點。）

「[人] にあげます / 貸します / 教えます」表示送某物給「に」前接的某人 / 借某物給「に」前接的某人 / 教授某事物給「に」前接的某人。

9 **包み紙は　赤いのと　模様が　華やかなのと　どっちの　ほうが　好きですか。**（包裝紙有紅色的和圖案繽紛的，請問您喜歡哪一種？）

「[い形容詞] の」形容詞後面接「の」，這個「の」是一個代替名詞，代替句中前面已出現過的某個名詞。而「の」一般代替的是「物」。

10 **小さいのが　いいです。**（小的就可以了。）

「[な形容詞] なの」形容動詞後面接代替句子的某個名詞「の」時，要將詞尾「だ」變成「な」。

便利なのが　ほしいです。（我想要方便的。）

有名なのを　借ります。（我要借有名的。）

「[名詞] と [名詞] どっちのほうが」表示提問，哪一個比較…。

彼女と　私と、どちらが　きれいですか。（我跟她誰比較漂亮？）

台湾と　日本と、どちらが　暑いですか。（臺灣跟日本，哪國比較熱？）

11 **そっちの紙の　ほうが　好きです。**（我喜歡那一種包裝紙。）

「[名詞] のほうが」表示比較。表示前接的名詞比較…。

彼女の　ほうが　きれいです。（她比較漂亮。）

對話練習ア
話してみよう

▶ T 19.3 請參考圖１對話，然後跟同伴練習２到８。

A：すみません、白い　電話が　ほしいです。
不好意思，我想買白色的電話。

B：これは　いかがですか。
這個如何？

A：うーん、普通ですね。
嗯…很普通嘛！

▶▶ 其它參考對話詳見146

對話練習イ
話してみよう

▶ **T 19.4** **A.** 血拼時想問價錢，或提出問題的日語該怎麼說呢？請參考圖 1 對話，然後跟同伴練習 2 跟 3。

1 スーツケース／5万円(ごまんえん)
（旅行箱／5 萬日圓）

きれい／高(たか)い／安(やす)い
（漂亮／貴／便宜）

2 マウス／8百円(はっぴゃくえん)
（滑鼠／800 日圓）

かっこういい／重(おも)い／軽(かる)い
（好看／重／輕）

3 スカート／6百円(ろっぴゃくえん)
（裙子／600 日圓）

安(やす)い／短(みじか)い／長(なが)い
（便宜／短／長）

A：すみません、あの　**スーツケース**は　いくらですか。
不好意思。那個旅行箱多少錢？

B：**5万円**(ごまんえん)です。
5 萬日圓。

A：**きれい**ですね。でも、ちょっと　**高**(たか)**い**です。もう　少(すこ)し　**安**(やす)**い**のは　ありませんか。
滿好看的。可是，太貴了一點。有沒有稍微便宜一點的？

▶ 其它參考對話詳見P147

T 19.5 **B** 您喜歡櫥窗裡哪個造型呢？請參考圖 1 的對話，然後跟同伴練習 2 跟 3 。

A：きれいな　ワンピースですね。
好漂亮的洋裝。

B：赤(あか)いのと　**青(あお)い**のと　どっちの　ほうが　好(す)きですか。
紅的跟藍的，你喜歡哪個？

A：赤(あか)い　ほうが　好(す)きです。
我喜歡紅的。

B：これは　**高(たか)い**ですね。
這個好貴耶！

A：シルクですから。
因為是絲製的。

きれいなワンピースですね。

其它參考對話詳見P147

1

ワンピース
／連身洋裝

- 感(かん)じ：きれい
  ／外觀感覺：漂亮
- いろ：赤(あか)い、青(あお)い
  ／顏色：紅色、藍色
- 値段(ねだん)：5万円(ごまんえん)
  ／價錢：5萬日圓
- 生地(きじ)：シルク
  ／材質：絲

2

スーツ
／套裝

- 感(かん)じ：上品(じょうひん)
  ／外觀感覺：有品味
- いろ：グレー、青(あお)い
  ／顏色：灰色、藍色
- 値段(ねだん)：8万円(はちまんえん)
  ／價錢：8萬日圓
- 生地(きじ)：ウール
  ／材質：羊毛

3

ズボン
／褲子

- 感(かん)じ：かわいい
  ／外觀感覺：可愛
- いろ：緑(みどり)、白(しろ)い
  ／顏色：綠色、白色
- 値段(ねだん)：3万円(さんまんえん)
  ／價錢：3萬日圓
- 生地(きじ)：麻(あさ)
  ／材質：麻

聽力練習
聞き取り練習

▶ T 19.6 聽聽MP3，1 到 6 的對話分別是在哪裡發生的呢？請按照 1 到 6 的順序，選出ア、イ、ウ、エ、オ、カ的答案，並填在空格中。

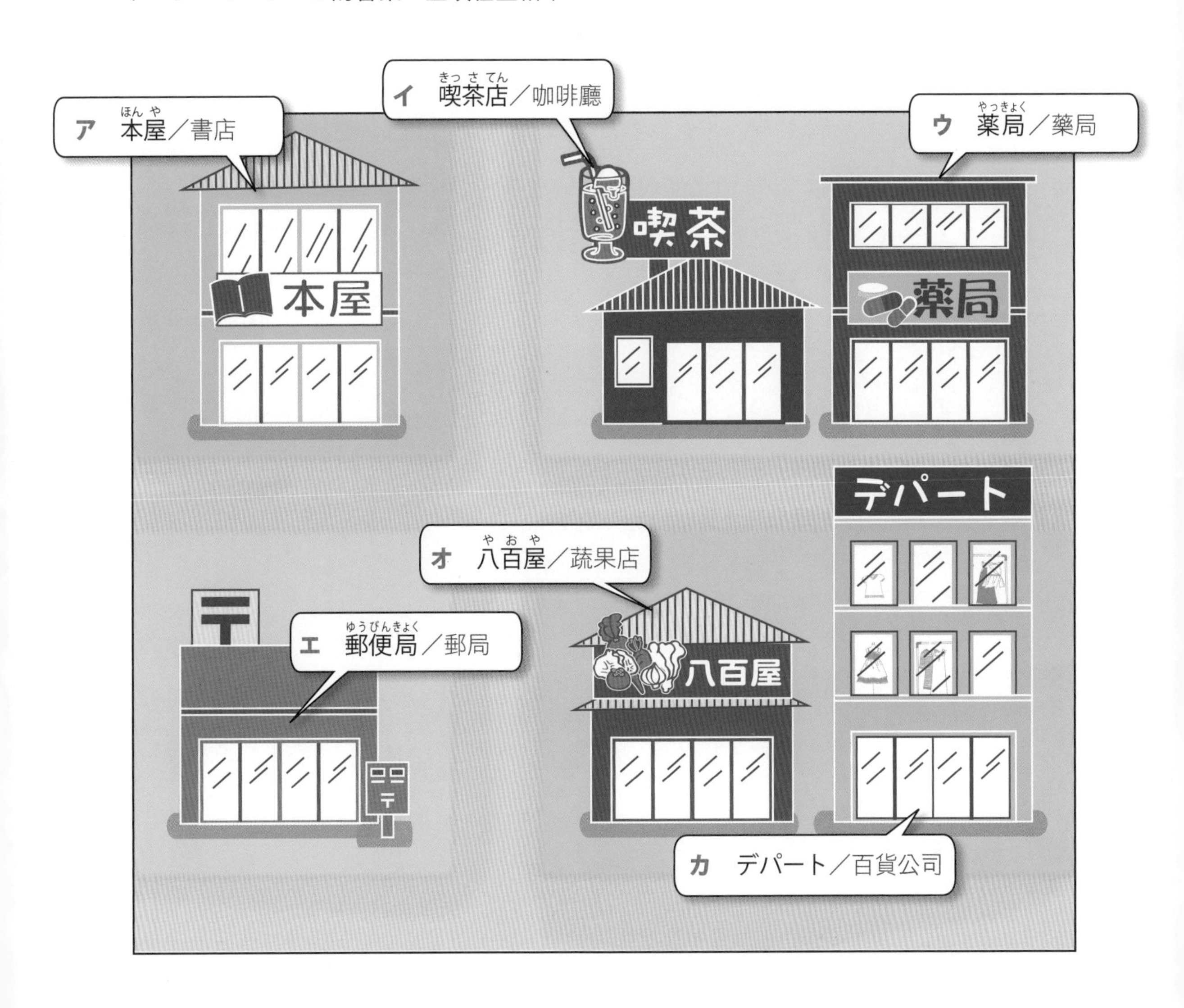

Answer

1 ______ 2 ______ 3 ______ 4 ______ 5 ______ 6 ______

▶▶ 答案詳見P147

讀解練習
読んでみよう

▶ 請閱讀以下短文，試著回答下列問題。

閱讀

もう　好(す)きな　彼女(かのじょ)には　告白(こくはく)しましたか。まだの　人(ひと)は、お花(はな)が　いっぱいの　公園(こうえん)での　デートは　いかがですか。お花(はな)の　前(まえ)で、彼女(かのじょ)に　告白(こくはく)しましょう。もちろん、彼女(かのじょ)が　好(す)きなのは　どんな花(はな)か、先(さき)に　調(しら)べてね。もう　彼女(かのじょ)が　いる人(ひと)は、週(しゅう)に　一度(いちど)は　彼女(かのじょ)に　お花(はな)を　あげましょう。

1 好(す)きな　人(ひと)に　まだ　告白(こくはく)して　いません。どう　しますか。

❶ 告白(こくはく)して　から　デートします。
❷ デートしながら　告白(こくはく)します。
❸ デートの　あとで　告白(こくはく)します。
❹ 彼女(かのじょ)に　お花(はな)を　あげて　から、告白(こくはく)します。

2 彼女(かのじょ)に　お花(はな)を　あげます。どうしてですか。

❶ まだ　告白(こくはく)して　いませんから。
❷ 公園(こうえん)での　デートに　行(い)きますから。
❸ 彼女(かのじょ)に　告白(こくはく)したいですから。
❹ 彼女(かのじょ)と　交際中(こうさいちゅう)ですから。

翻譯　解答

您已經向心儀的她告白了嗎？還沒有的人，不妨在花朵盛放的公園裡約會喔！在花兒的前面，向她告白吧！當然，她喜歡什麼樣的花，也要事先調查好喔！已經有女朋友的人，每個禮拜送一次花給她吧！

---

1 尚未向心儀的對象告白，該怎麼辦呢？

❶ 告白後再去約會。
❷ 約會的同時告白。
❸ 約完會後告白。
❹ 調查她喜歡什麼花，再告白。

2 為什麼送花給她呢？

❶ 因為尚未告白。
❷ 因為要去公園約會。
❸ 因為想要向她告白。
❹ 因為正在跟她交往。

答案：**1** 2，**2** 4

Lesson 19

N5單字總整理！

剛上完一課，快來進行單字總復習！
在日檢考試前，幫您做好萬全準備！

衣服

背広（西裝）

ワイシャツ【whiteshirt】
（襯衫）

ポケット【pocket】
（口袋，衣袋）

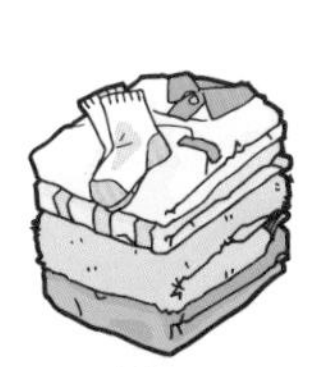

服
（衣服）

上着
（上衣，外衣）

シャツ【shirt】
（襯衫）

コート【coat】
（外套，大衣）

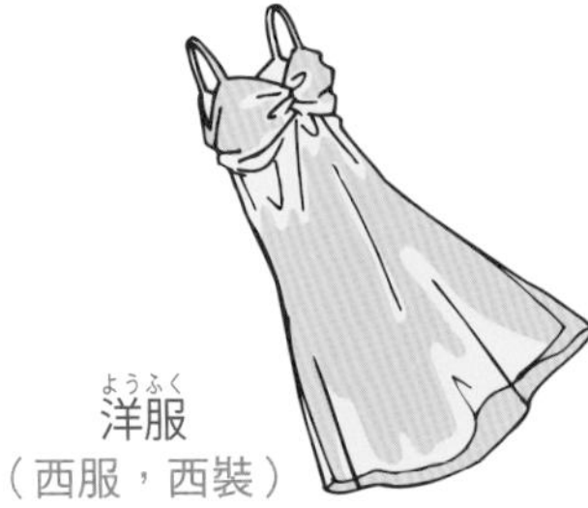

洋服
（西服，西裝）

ズボン【(法) jupon】
（西裝褲；褲子）

ボタン【(葡) botão/button】
（釦子，鈕釦；按鍵）

セーター【sweater】
（毛衣）

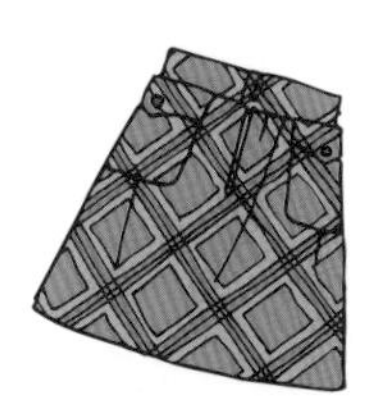

スカート【skirt】
（裙子）

物（物品，東西）

模擬考題

一、文字、語彙問題

もんだい１＿＿＿の　ことばは　ひらがな、カタカナや　かんじで　どう　かきますか。１・２・３・４から　いちばん　いいものを　ひとつ　えらんで　ください。

① おさつは　ぽけっとの　なかに　いれました。

１　パヌット　　２　ポケット　　３　パクット　　４　パクツト

② おかあさんは　きのう　しろい　せーたーを　かいました。

１　セーター　　２　サーター　　３　七―ター　　４　ヤーター

③ あねは　みじかい　すかーとが　すきです。

１　スカート　　２　メカート　　３　ヌカート　　４　スカーテ

もんだい２　（　　）に　なにを　いれますか。１・２・３・４から　いちばん　いいものを　ひとつ　えらんで　ください。

① わたしは　きょう　（　　）を　はかないで　でかけました。

１　せびろ　　２　まふら　　３　ぼうし　　４　くつした

② （　　）を　しめて　から　せびろを　きます。

１　ハンカチ　　２　ズボン　　３　シャツ　　４　ネクタイ

もんだい３　＿＿＿＿の　ぶんと　だいたい　おなじ　いみの　ぶんが　あります。１・２・３・４から　いちばん　いいものを　ひとつ　えらんで　ください。

① さとうさんは　やまださんに　ほんを　かりました。

１　やまださんは　さとうさんに　ほんを　うりました。

２　やまださんは　さとうさんに　ほんを　かえしました。

３　やまださんは　さとうさんに　ほんを　かしました。

４　やまださんは　さとうさんに　ほんを　もらいました。

② １しゅうかんに　いっかい　りょうりを　ならいに　いっています。

１　１しゅうかんに　いっかい　りょうりを　おしえに　いっています。

２　１しゅうかんに　いっかい　りょうりを　べんきょうしに　いっています。

３　１しゅうかんに　いっかい　りょうりを　たべに　いっています。

４　１しゅうかんに　いっかい　りょうりを　ならべに　いっています。

二、文法問題

もんだい１　（　　）に　何を　入れますか。１・２・３・４から　いちばん　いいもの を　一つ　えらんで　ください。

①　この　じしょは　あまり　べんりでは　ありません。もっと　（　　）が　ほしいです。

1　べんり　　2　べんりな　　3　べんりなの　　4　べんりに

②　A「きのうは　たんじょうびだったので、ともだちに　はなを　（　　）。これです。」

B「きれいな　はなですね。」

1　あげました　　2　もらいました　　3　ください　　4　ほしいです

③　（店で）

A「りんごジュースを　1杯　ください。」

B「すみません、りんごジュースは　もう　（　　）。」

1　あります　　2　ありました

3　ありません　　4　ありませんでした

④　A「おおたさんは　おそいですね。」

B「そうですね。そこの　イスに　（　　）　まちましょう。」

1　すわる　　2　すわった　　3　すわったり　　4　すわって

⑤　中山「あしたは　中山さんの　たんじょうびですね。あした　山田さんは　中山さんに　何を　（　　）か。」

山田「わたしは　ハンカチを　（　　）。」

1　もらいます／もらいます　　2　あげます／あげます

3　もらいましょう／もらいましょう　　4　あげませんか／あげませんか

模擬考題

もんだい2　＿★＿　に　入る　ものは　どれですか。1・2・3・4から　いちばん　いいものを　一つ　えらんで　ください。

① A「きのうは　おそく　＿＿　＿＿　＿★＿　＿＿　とても　つかれました。」
B「たいへんでしたね。」

1　して　　2　を　　3　まで　　4　しごと

② （店で）
田中「わたしは　これを　かいます。ヤンさんは　どれが　いいですか。」
ヤン「わたしは　もっと　＿＿　＿＿　＿★＿　＿＿　ほしいです。」

1　かるい　　2　が　　3　の　　4　ちいさくて

もんだい3　（1）　から　（3）　に　何を　入れますか。1・2・3・4から　いちばん　いいものを　一つ　えらんで　ください。

Ⓠ　もうすぐ　いもうとの　たんじょうびです。いもうとは　はなが　すきなので、きょねんは　はなの　えの　ハンカチを　あげました。いもうとは　どうぶつ（1）　すきです。（2）　ことしは　どうぶつの　えが　（3）　くつしたを　あげたいです。

①
1　が　　2　は　　3　を　　4　も

②
1　そして　　2　それから　　3　だから　　4　では

③
1　かいた　　2　かいている　　3　かいてある　　4　かいて

もんだい４　（１）　から　（３）　に　何を　入れますか。１・２・３・４から　いちばん　いいものを　一つ　えらんで　ください。

Ⓠ　きのうは　にちようびでしたので、あさ　へやの　そうじを（１）、としょかんへ　せんしゅう　かりた　ほんを　（２）に　いきました。それから　いえの　ちかくの　みせで　にくと　やさいを　かいました。いえに　（３）、その　にくと　やさいで　おひるごはんを　つくって　たべました。

①

1　するとき　　2　しながら　　3　したから　　4　してから

②

1　かい　　2　かり　　3　かえし　　4　かし

③

1　かえる　とき　　2　かえった　とき
3　かえる　まえ　　4　かえった　あとで

20 不好意思，請問這附近有花店嗎？

すみません、この　近くに　花屋は　ありませんか。

看圖記單字
絵を見て覚えよう

▶ T 20.1　聽聽看！再大聲唸出來

▶ 想購買或換取右方這兩樣東西，應該要到哪裡呢？請從前面的1到8中選出，並把數字填上去。

▶▶ 答案詳見P148

靈活應用
応用編

▶ T 20.2　今天是母親節，您打算下班後前往花店買花，但不確定公司附近哪裡有花店，於是用求救牌詢問路人…。

A：すみません、この　近くに　花屋は　ありませんか。地図の　見方が　よく　分からなくて。
不好意思，請問這附近有花店嗎？我看不太懂地圖。

B：ああ、この　地図は　古いですよ。この　道を　まっすぐ　行って、1つ　目の　交差点を　左に　曲がって、それから　公園の　ところで　右に　曲がると、大きい　デパートが　あります。
喔，這張地圖已經太舊了。沿著這條路直走，在第一個路口往左轉，接著在公園那裡往右轉，就會看到一間很大的百貨公司。

A：はい。
好。

B：デパートの　となりが　花屋です。
百貨公司的隔壁就是花店。

A：デパートの　となりですね。ありがとう　ございました。
在百貨公司的隔壁，好的。非常謝謝您。

▶ 好好表現一下囉！如果有日本人向您問路，該如何用日語回答呢？跟同伴一起想像問路情境，練習說看看。

文法重點說明

1 地図の　見方がよく　分からなくて。（我看不太懂地圖。）

「[動詞ます形] 方」前面接動詞連用形，表示方法、手段、程度跟情況。「…法」、「…樣子」的意思。

この　漢字の　読み方が　わかりますか。（你知道這個漢字的讀法嗎？）

安全な　使い方を　しなければ　なりません。（使用時必須注意安全。）

2 この　道を　まっすぐ　行って、1つ目の　交差点を　左に　曲がって、それから　公園の　ところで　右に　曲がると、大きい　デパートが　あります。（沿著這條路直走，在第一個路口往左轉，接著在公園那裡往右轉，就會看到一間很大的百貨公司。）

「[動詞て形]、[動詞て形]、それから～」單純的連接前後短句成一個句子，表示並舉了幾個動作或狀態。

朝は　パンを　食べて、牛乳を　飲みます。（早上吃麵包，喝牛奶。）

夏休みは、おじいちゃんの　家に　行って、釣りを　します。（暑假到爺爺家釣魚。）

3 この　道を　まっすぐ　行って、1つ目の　交差点を　左に　曲がって……（沿著這條路直走，在第一個路口往左轉……）

「[場所] を [自動詞]」表示經過或移動的場所用助詞「を」，而且「を」後面要接自動詞。自動詞有表示通過場所的「渡る（越過）、曲がる（轉彎）」。還有表示移動的「歩く（走）、走る（跑）、飛ぶ（飛）」。

学生が　道を　歩いて　います。（學生在路上走著。）

飛行機が　空を　飛んで　います。（飛機在空中飛。）

邊聽邊練習
聞いてみよう

▶ T 20.3 用日語問路前要會的說法。

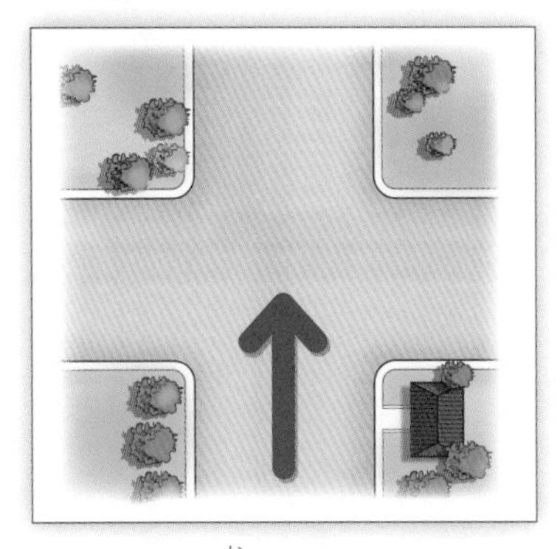
まっすぐ　行きます。（直走）

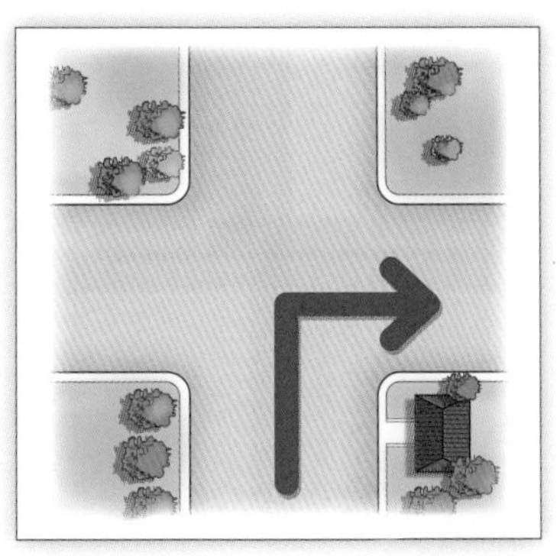
右に　曲がります。（右轉）

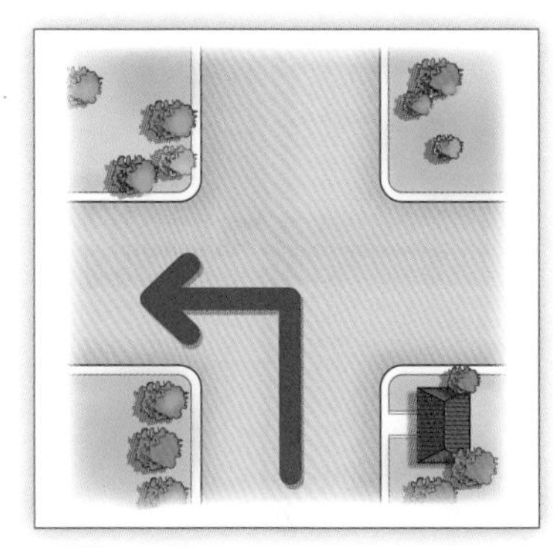
左に　曲がります。（左轉）

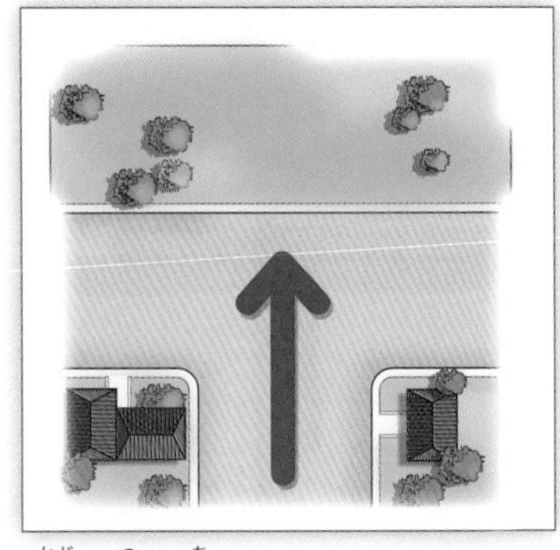
角／突き当たり（轉角／盡頭）

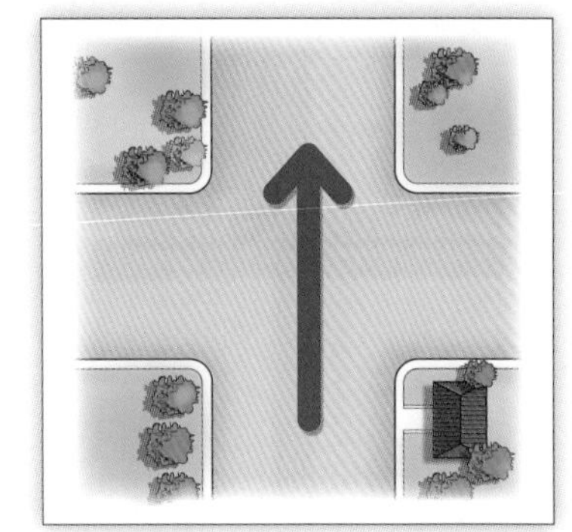
交差点で　道を　渡ります。（過十字路）

聽力練習
聞き取り練習

▶ T 20.4 A 請聽聽MP3，從ア或イ兩個選項中，選出MP3中所說的正確路線，並在方格內打勾。

1

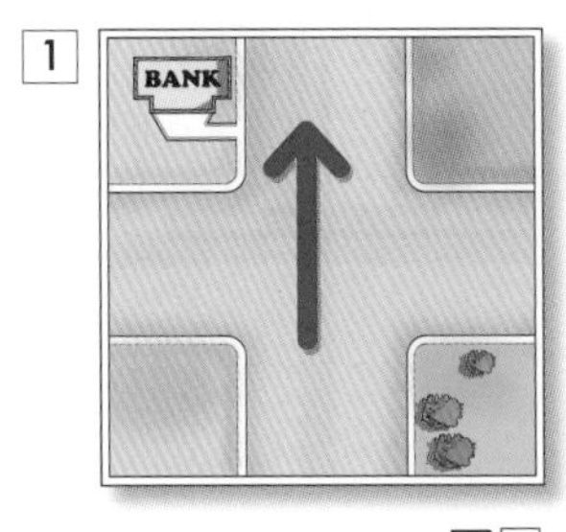

ア□

イ□

2

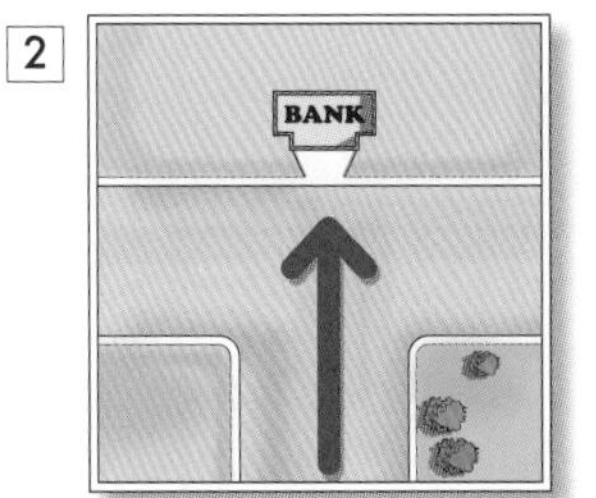

ア□

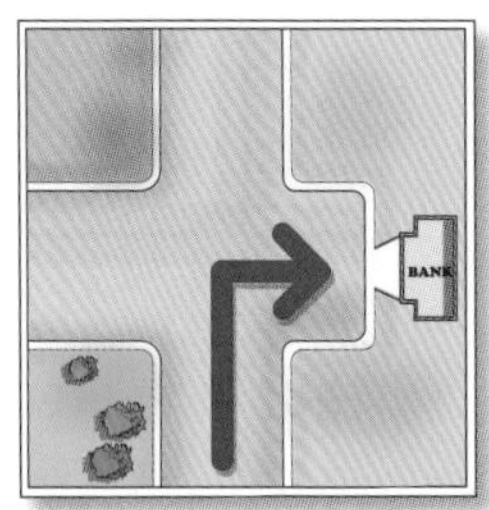
イ□

3

ア□

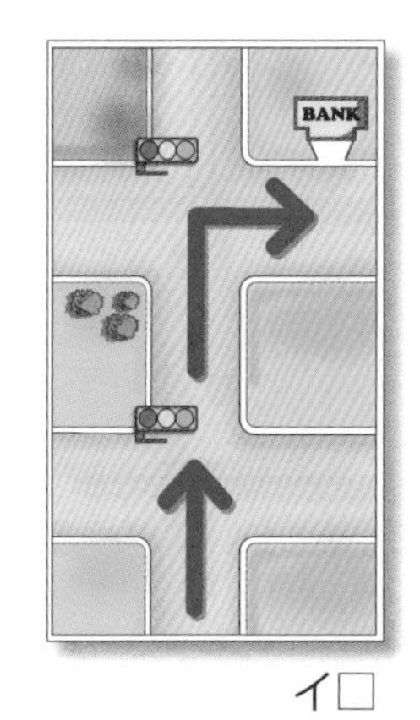

イ□

4

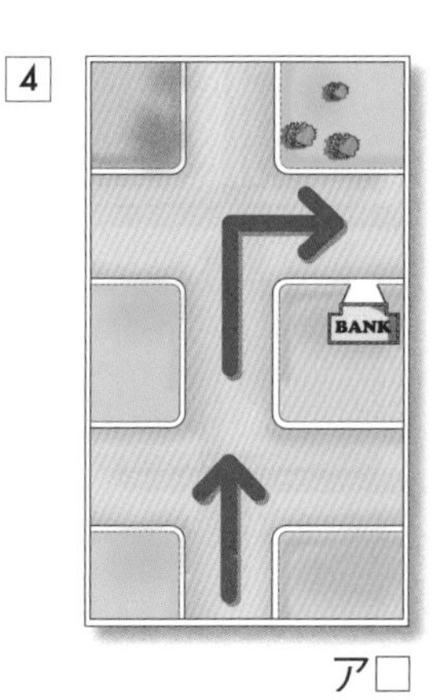

ア□

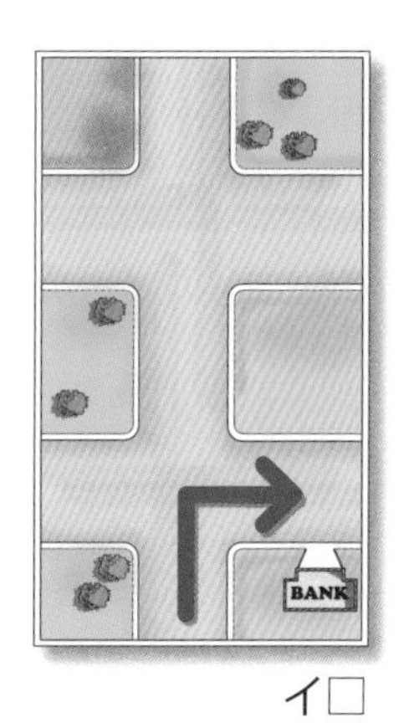

イ□

▶▶ 答案詳見P148

▶ **T 20.5** **B** 您站在黑線箭頭的位置，如果想到達某個目的地，該怎麼走呢？請按照MP3中說話的順序，在方格內標上１、２、３、４、５序號。

▶▶ 答案詳見P148

1

郵便局まで／到郵局

□ 大きい　病院が　あります。

□ 1つ目の　交差点を　右に　曲がって　ください。

□ 病院の　となりが　郵便局です。

□ この　道を　まっすぐ　行って、

□ 郵便局までの　行き方を　説明します。

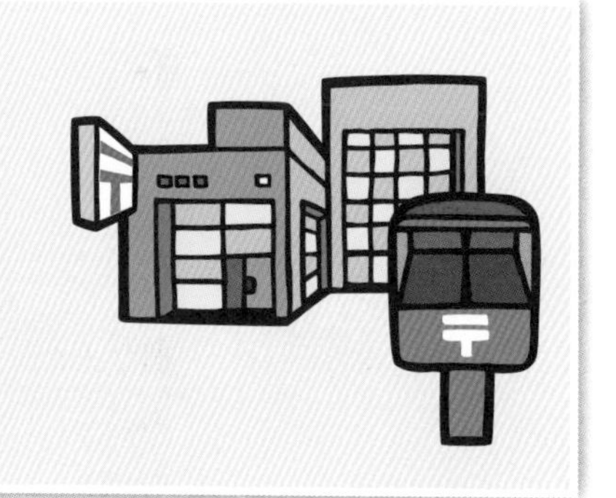

2

スーパーまで／到超市

□ 1つ目の　角を　右に　曲がって　ください。

□ スーパーまでの　行き方を　説明します。

□ デパートの　となりが　スーパーです。

□ この　道を　まっすぐ　行って、

□ 突き当たりに　大きな　デパートが　あります。

まっすぐ　行きます。
／直走

右に　曲がります。
／右轉

突き当たり
／盡頭

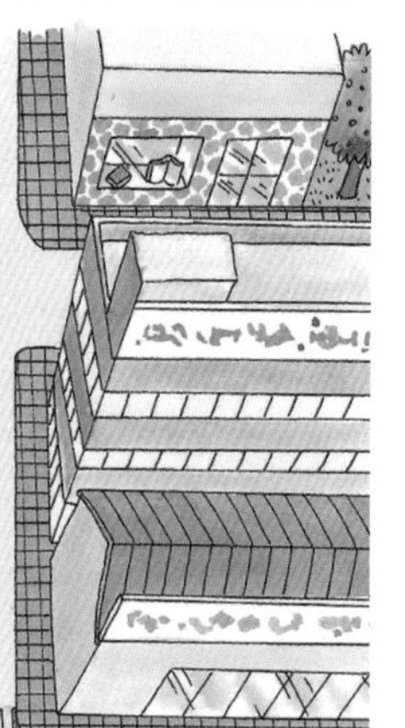

讀解練習
読んでみよう

▶ 請閱讀以下短文，試著回答下列問題。

閱讀

土曜日に　彼と　花見に　行きました。行き方が　分からなくて　少し　迷いましたが、そのうち　桜の　トンネルに　着きました。トンネルを　通って、お弁当を買って、それから　満開の　桜の　下で　お弁当を　食べました。彼と　見た　桜はとても　きれいで、お弁当は　とても　おいしかったです。

1　この　人は　どれを　しませんでしたか。

❶ デート　❷ 桜の　花の　下を　歩くこと
❸ 彼に　お弁当を　作ること　❹ 桜を　見ること

2　ただしい　順番は　どれですか。

❶ 道に　迷う→桜の　トンネルを　歩く→お弁当を　食べる
❷ 桜の　トンネルを　歩く→道に　迷う→お弁当を　食べる
❸ 道に　迷う→お弁当を　食べる→桜の　トンネルを　歩く
❹ 桜の　トンネルを　歩く→お弁当を　食べる→道に　迷う

翻譯　**解答**

星期六，我跟男友一起去賞花。由於不清楚該怎麼去而有點迷路，但不久後就到達櫻花隧道了。穿過隧道，買了便當，就在盛開的櫻花樹下吃了便當。跟男友一起看到的櫻花十分美麗，便當也非常好吃。

1　這個人沒有做的事是哪一項呢？

❶ 約會　❷ 漫步於櫻花下　❸ 為男友做便當　❹ 賞櫻

2　正確順序為何？

❶ 迷路→漫步於櫻花隧道→吃便當　❷ 漫步於櫻花隧道→迷路→吃便當
❸ 迷路→吃便當→漫步於櫻花隧道　❹ 漫步於櫻花隧道→吃便當→迷路

答案：1 3，2 1

Lesson 20

N5單字總整理！

剛上完一課，快來進行單字總復習！
在日檢考試前，幫您做好萬全準備！

距離

キロ（メートル）
【（法）kilo（mètre）】
（一千公尺，一公里）

メートル【mètre】
（公尺，米）

● 半分（はんぶん）（半，一半，二分之一）

位置等

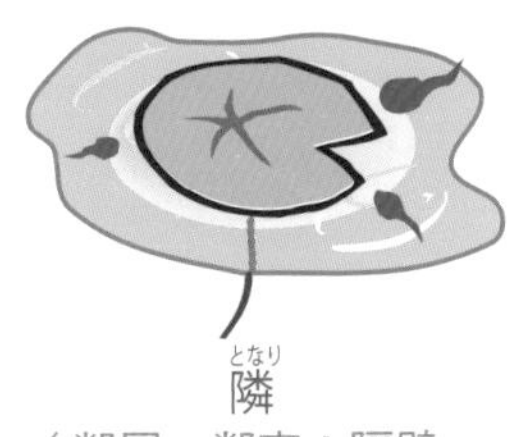

隣（となり）
（鄰居，鄰家；隔壁，旁邊；鄰近，附近）

側（そば）／傍（そば）
（旁邊，側邊；附近）

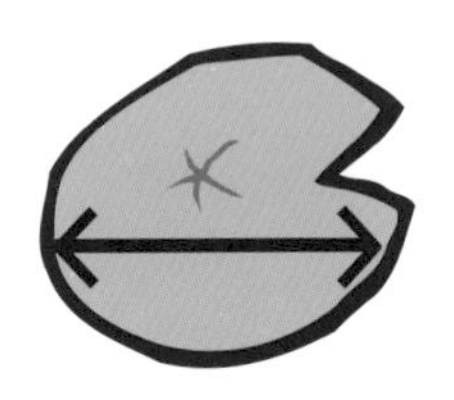

横（よこ）
（橫；寬；側面；旁邊）

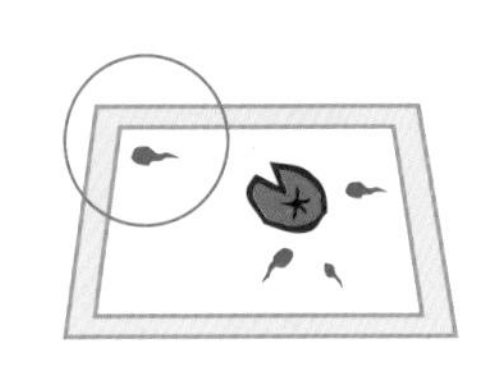

角（かど）
（角；〈道路的〉拐角，角落）

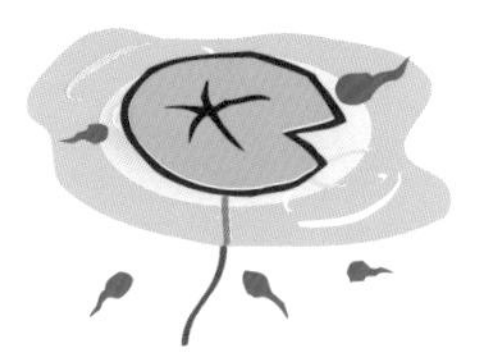

近く（ちかく）
（附近，近旁）

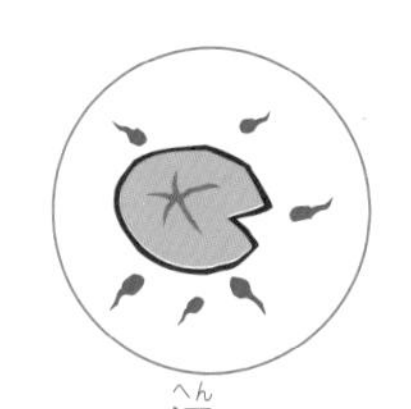

辺（へん）
（附近，一帶；程度，大致）

先（さき）
（先，早；頂端，尖端；前頭，最前端）

重量、數量

キロ（グラム）【（法）kilo（gramme）】
（千克，公斤）

グラム【（法）gramme】
（公克）

次（つぎ）
（下次，下回，接下來；第二，其次）

幾ら（いくら）
（多少〈錢，價格，數量等〉）

模擬考題

一、文字、語彙問題

もんだい１＿＿の　ことばは　ひらがな、カタカナや　かんじで　どう　かきますか。１・２・３・４から　いちばん　いいものを　ひとつ　えらんで　ください。

1 テーブルは　まどの　よこに　おいて　ください。
1　礦　　2　廣　　3　横　　4　黄

2 こうさてんの　側に　びょういんが　あります。
1　うち　　2　よこ　　3　そば　　4　そと

3 あの　角を　みぎに　まがります。
1　まち　　2　かど　　3　にわ　　4　みち

4 この　へんは　よる　くらくて　あぶないです。
1　角　　2　道　　3　辺　　4　端

もんだい２　（　　）に　なにを　いれますか。１・２・３・４から　いちばん　いいものを　ひとつ　えらんで　ください。

1 まいあさ　5（　　）　はしって　います。
1　クラス　　2　プール　　3　キロ　　4　グラム

2 たいしかんは　えきから　500（　　）ぐらいの　ところに　あります。
1　グラム　　2　ノート　　3　メートル　　4　ゼロ

模擬考題

二、文法問題

もんだい１　（　　）に　何を　入れますか。１・２・３・４から　いちばん　いいものを　一つ　えらんで　ください。

① この　かんじの　読み（　　　　）が　わかりません。
1　がた　　2　たち　　3　かた　　4　とき

② （タクシーで）
A「すみません。つぎの　こうさてん（　　　　）　わたって　から、とまって　ください。」
B「わかりました。」
1　で　　2　に　　3　が　　4　を

③ 田中「山田さん、（　　　　）　10じに　なりましたか。」
山田「いいえ。（　　　　）　10じ　5ふんまえです。」
1　や／など　　2　から／まで　　3　もう／まだ　　4　しか／だけ

④ わたしは　まいばん　しんぶんを　よんで、（　　　　）おんがくを　ききます。
1　しかし　　2　それから　　3　でも　　4　それでは

⑤ いつも　8じに　いえを　（　　　　）、　がっこうへ　いきます。
1　かえって　　2　でて　　3　いって　　4　きて

もんだい２　＿＿★＿＿に　入る　ものは　どれですか。１・２・３・４から　いちばん　いいものを　一つ　えらんで　ください。

① A「デパートで　かいものを　したあと、えいがを　みに　いきましょうか。」
B「いいですね。それでは、デパート　まで　＿＿＿　＿＿＿　＿★＿　＿＿＿　、それから　あるいて　えいがかんへ　いきましょう。」
1　バス　　2　は　　3　で　　4　いって

② 田中「山田さんは　きのう　何を　しましたか。」
山田「へやの　そうじを　して　＿＿＿　＿＿＿　＿★＿　＿＿＿　に　いきました。」

1　デパート　　2　へ　　3　から　　4　かいもの

もんだい3　（1）　から　（2）　に　何を　入れますか。1・2・3・4から　いちばん　いいものを　一つ　えらんで　ください。

Ⓠ　わたしは　せんげつから　とうきょうに　すんで　います。まだ　みちが　よく　わかりませんから、やすみの　ときは　いつも　ちずを　（1）　さんぽ　して　います。とうきょうは　とても　にぎやかな　まちですから、とても　たのしいです。ちかてつも　べんりですが、きっぷの　（2）が　むずかしいので、よく　えきの　ひとに　ききます。えきの　ひとは　みんな　とても　やさしいです。

①
1　みないで
2　みながら
3　みるまえに
4　みたり

②
1　のりかた
2　かりかた
3　かいかた
4　いきかた

21 夢寐以求！我的夢想「家」

景色が　よくて、交通が　便利なほうが　いいからです。

看圖記單字
絵を見て覚えよう

▶ T 21.1 聽聽看！再大聲唸出來

練習しよう

1 ポーチ／門廊	4 洗面所（せんめんじょ）／洗手間	7 和室（わしつ）／和室	10 リビング／客廳
2 げた箱（ばこ）／鞋櫃	5 廊下（ろうか）／走廊	8 押入れ（おしい）／壁櫥	11 ダイニング／餐廳
3 玄関（げんかん）／玄關	6 洋室（ようしつ）／洋室	9 キッチン／廚房	12 バルコニー／陽台

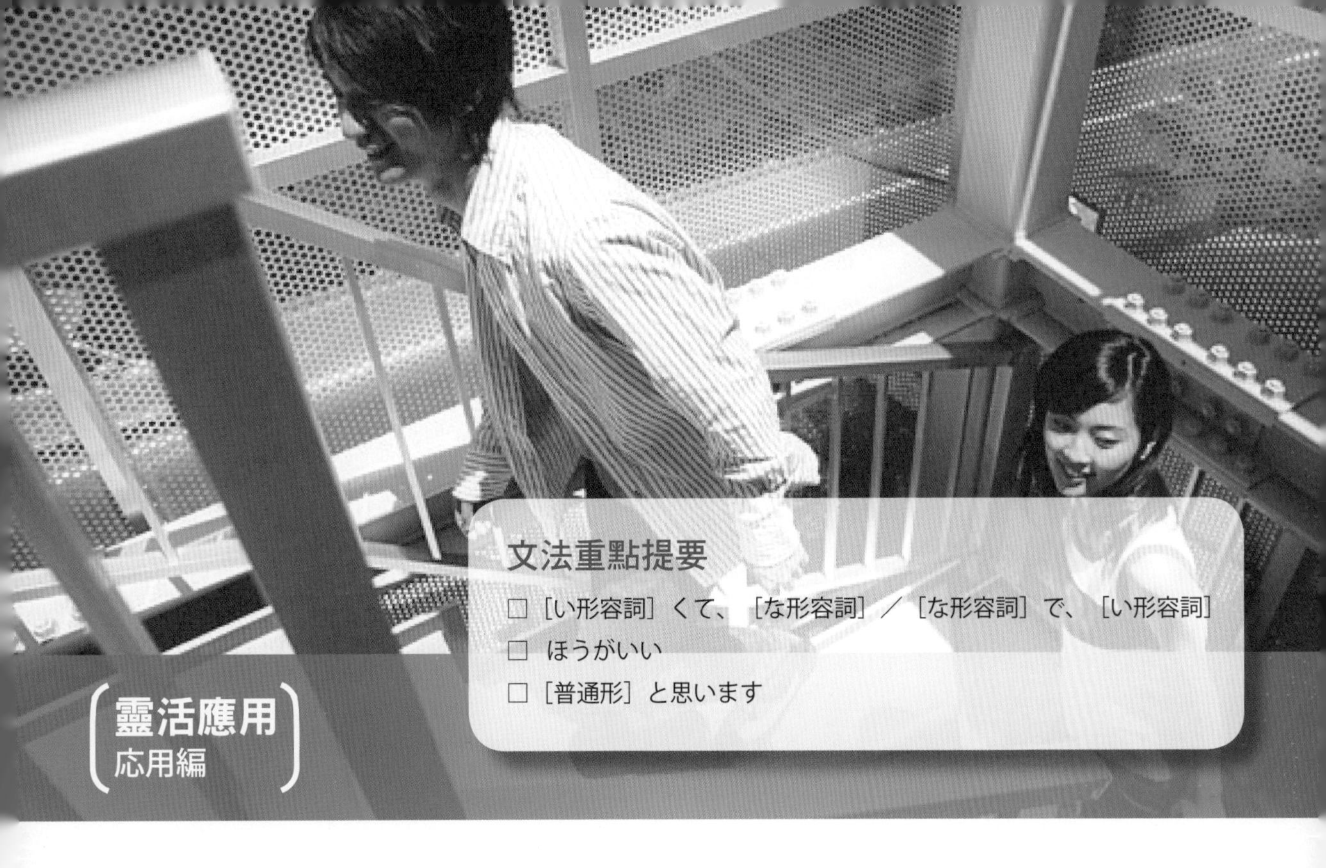

靈活應用
応用編

文法重點提要

- □［い形容詞］くて、［な形容詞］／［な形容詞］で、［い形容詞］
- □ ほうがいい
- □［普通形］と思います

▶ **T 21.2** 您的夢想「家」是什麼呢？只要住在那樣的房子，就能感到幸福無比！跟同伴練習下面對話吧！

A：どんな　家が　ご希望ですか。

您想住什麼樣的房子呢？

B：都会の　高層マンションです。

都市的高樓大廈。

A：どうしてですか。

為什麼呢？

B：景色が　よくて、交通が　便利な　ほうが　いいからです。

因為景觀好，交通又便利。

A：景色と　交通ですね。ほかには。

景觀和交通⋯⋯，好的，其他還有呢？

B：建て方が　丈夫で、新しいのが　いいです。

還要建造堅固，而且是新成屋比較好。

A：では、こんな　マンションは　どうですか。ご希望に　ぴったりだと　思いますが。

那麼，像這樣的大廈，您覺得如何？我認為應該完全符合您的需求。

B：そうですね。中を　見せてください。

這樣嗎？請讓我到裡面參觀。

文法重點說明

1 **景色が　よくて、交通が　便利なほうが　いいからです。**（因為景觀好，交通又便利。）

「ほうがいい」用在向對方提出建議，或忠告的時候。有時候雖然是「た形」，但指的卻是以後要做的事。否定形為「ないほうがいい」。可譯作「最好…」、「還是…為好」。

コーヒーには　砂糖を　入れない　ほうが　いいです。
（不要在咖啡裡加砂糖比較好。）

曇って　いるから、傘を　持って　いった　ほうが　いいですよ。
（天色陰陰的，還是帶把傘去比較好！）

2 **建て方が　丈夫で、新しいのが　いいです。**（還要建造堅固，而且是新成屋比較好。）

「[な形容詞] で、[い形容詞]」形容動詞詞尾「だ」改成「で」，表示句子還沒說完到此暫時停頓，以及屬性並列（連接形容詞或形容動詞時）的意思。亦稍有表示原因之意。

ここは　静かで　いい　公園ですね。（這裡很安靜，真是座好公園啊。）

あの　アパートは　便利で　安いです。（那間公寓又方便又便宜。）

3 **ご希望に　ぴったりだと　思いますが。**（我認為應該完全符合您的需求。）

「[普通形] と思います」表示自己根據看到的情況進行判斷或推測。這是主觀的判斷，所以結果有可能與事實不符合。

彼女は　韓国人だと　思います。（我認為她是韓國人。）

この　マスホは　高いと　思います。（這台智慧型手機應該很貴。）

對話練習ア
話してみよう

▶ T 21.3 如果要租房子的話，您想要住在什麼樣的房子裡呢？

A：2DK（にーディーケー）の　マンションを　借（か）りたいです。
我想租兩房一廳一廚的公寓大廈。

B：こちらは　どうですか。新（あたら）しくて　広（ひろ）いですよ
這間如何？又新又寬敞。

A：そうですね。
挺不錯的嘛！

B：窓（まど）も　大（おお）きいですよ。
窗戶也很大喔！

A：でも、ちょっと　不便（ふべん）ですね。こちらは　1ヶ月（いっかげつ）……。
可是，有些不方便。這裡一個月要……。

B：10万円（じゅうまんえん）です。
十萬日圓。

A：もう　少（すこ）し　安（やす）いのは　ありませんか。
有沒有稍微便宜一點的？

▶▶ 其它參考對話詳見P148

MEMO 1

2DK（にーディーケー）の　マンション
（兩房一廳一廚的公寓）

新（あたら）しくて　広（ひろ）い
（又新又寬敞）

窓（まど）も　大（おお）きい／不便（ふべん）
（窗戶也很大／不方便）

10万円（じゅうまんえん）／安（やす）い
（十萬日圓／便宜）

MEMO 2

1DK（ワンディーケー）の　アパート
（一房一廳一廚的公寓）

安（やす）くて　静（しず）か
（又便宜又安靜）

収納（しゅうのう）も　便利（べんり）／狭（せま）い
（收納也很方便／小）

6万円（ろくまんえん）／広（ひろ）い
（六萬日圓／大）

MEMO 3

3LDK（さんエルディーケー）の　一軒家（いっけんや）
（三房兩廳一廚的透天厝）

新（あたら）しくて　いい
（又新又挺好的）

天井（てんじょう）も　高（たか）い／駅（えき）から　遠（とお）い
（天花板也很高／離車站遠）

16万円（じゅうろくまんえん）／駅（えき）に　近（ちか）い
（十六萬日圓／離車站近）

聽力練習
聞き取り練習

▶ T 21.4 請聽MP3中的四段對話，分別是１、２、３、４的哪個房間呢？請把號碼填到方格中。

1 範例：MP3 中**對話 1** 描述的是右上角照片，您答對了嗎？

A： きれいな　一軒家（いっけんや）ですね。
真是漂亮的透天厝！

B： ええ、白（しろ）い壁（かべ）で、緑（みどり）に　囲（かこ）まれて、こんな　家（いえ）に　住（す）みたいです。
是啊！白色的牆壁，周邊綠意盎然，真想住這樣的家。

MEMO

▶▶ 答案詳見P149

對話練習イ 話してみよう

T 21.5 請參考組圖 1 的對話，然後跟同伴練習組圖 2 到 4 。至於理由，就請自由發揮囉！

A： どんな　町（まち）に　住（す）みたいですか。**東京（とうきょう）**ですか。**京都（きょうと）**ですか。
你想住什麼樣的城市呢？東京嗎？京都嗎？

B： **京都（きょうと）**に　住（す）みたいと　思（おも）います。
我想住京都。

A： どうしてですか。
為什麼？

B： **町（まち）が　きれいで、あちこちに　古（ふる）い　お寺（てら）が　ありますから。**
因為市街不僅漂亮，而且到處都是古老的寺廟。

▶▶ 其它參考對話詳見P149

填填看
やってみよう

▶ 請寫出八個著名的城市，然後跟同伴形容一下，接著討論以後想住什麼樣的城市。

ANSWER

1. ______　5. ______

2. ______　6. ______

3. ______　7. ______

4. ______　8. ______

造句練習
書いてみよう

▶ 這些句子都亂了，請把它們按照順序排好。

1. の　を　アパート　です　1DK（ワンディーケー）　借（か）りたい

____

2. に　か　町（まち）　です　住（す）みたい　どんな

____

3. あります　で　人（ひと）　緑（みどり）　いっぱい　から　が　が　親切（しんせつ）

____

▶▶ 參考答案及翻譯詳見P149

對話練習ウ
話してみよう

▶ T 21.6　請參考圖 1 對話，然後跟同伴練習圖 2 到 4 。至於理由，就請自由發揮囉！

A： 将来、どんな　家に　住みたいですか。
將來，你想住什麼樣的家？

B： **都会の　マンション**に　住みたいです。
我想住都市裡的大廈。

A： どうしてですか。
為什麼？

B： **交通が　便利な　ほうが、いいからです。**
因為交通方便比較好。

A： どんな　家が　理想ですか。
什麼樣的家是你夢寐以求的呢？

B： **部屋が　広くて、ベランダが　あって…。**
房間寬敞，又有陽台…。

換掉紅色字就可以用日語聊天了～

▶▶ 其它參考對話詳見P149

▶ 好好表現一下囉！參考上面的說法，跟同伴一起描述，自己夢寐以求的家的樣子。

讀解練習
読んでみよう

▶ 請閱讀以下短文，試著回答下列問題。

閱讀

先週、引っ越しました。前の　アパートと　比べて、今度の　アパートの　ほうが　いいです。ご近所が　いい　人たちだからです。右の　隣の　人は、親切で　優しい　です。左の　隣の　人は、明るくて　元気です。こんな　いい　アパートに　引っ越して、よかったと　思います。

1 ただしい　ものは　どれですか。

❶ 前の　アパートは　とても　悪い　アパートだったので、引っ越して　よかったです。
❷ 今度の　アパートは、部屋は　よく　ありませんが　ご近所が　いい　人たちです。
❸ 今度の　アパートは、ご近所が　いい人たちなので、引っ越して　よかったです。
❹ 前の　アパートも　悪くは　ありませんでしたが、今度の　アパートは　とても　よいです。

2 ご近所は　どんな　人たちですか。

❶ 親切で　優しい　人たちです。
❷ 明るくて　元気な　人たちです。
❸ 親切な　人や　明るい　人など、いい　人たちです。
❹ 右の　隣と　左の　隣だけ　いい　人たちです。

翻譯　**解答**

上個禮拜，我搬家了。跟之前的公寓相比，這次的公寓比較好。因為附近鄰居都是好人。右邊的鄰居，親切又溫柔；左邊的鄰居，開朗又有活力。我覺得搬到這麼好的公寓，真是太好了。

1 正確的選項是哪一個呢？

❶ 因為之前的公寓非常糟糕，所以搬家真是太好了。
❷ 這次的公寓並不是很好，但附近鄰居都是好人。
❸ 這次公寓附近的鄰居都是好人，所以搬家真是太好了。
❹ 雖然之前的公寓也不是不好，但這次的公寓非常之好。

2 鄰居都是怎麼樣的人呢？

❶ 是親切又溫柔的人。　❷ 是開朗又有活力的人。
❸ 親切的人或開朗的人等，都是好人。　❹ 只有右邊的鄰居跟左邊的鄰居是好人。

答案：**1** 3，**2** 3

Lesson 21

N5單字總整理！

剛上完一課，快來進行單字總復習！
在日檢考試前，幫您做好萬全準備！

模擬考題

一、文字、語彙問題

もんだい１＿＿＿の　ことばは　ひらがな、カタカナや　かんじで　どう　かきますか。１・２・３・４から　いちばん　いいものを　ひとつ　えらんで　ください。

1 庭は　わたしが　これから　そうじ　します。

1　にば　　2　にわ　　3　わに　　4　には

2 すみません、みせの　入口は　どこですか。

1　はいりぐち　　2　のりぐち　　3　おりぐち　　4　いりぐち

3 わたしが　すんで　いるのは　とても　しずかで　いい　所です。

1　どころ　　2　ところ　　3　どごろ　　4　とごろ

4 にわに　ちいさい　いけが　あります。

1　地　　2　湖　　3　池　　4　海

5 この　えきは　でぐちが　たくさん　あります。

1　出口　　2　山口　　3　入口　　4　人口

もんだい２　（　　　）に　なにを　いれますか。１・２・３・４から　いちばん　いいものを　ひとつ　えらんで　ください。

1 きのう　（　　　）に　およぎに　いきました。

1　パーティー　　2　プール　　3　バス　　4　タクシー

2 わたしの　あねは　ひとりで　（　　　）に　すんで　います。

1　デパート　　2　レストラン　　3　スカート　　4　アパート

3 （　　）で　さかなが　およいで　います。

1　いけ　　2　うみ　　3　そら　　4　やま

二、文法問題

もんだい１　（　　）に　何を　入れますか。１・２・３・４から　いちばん　いいものを　一つ　えらんで　ください。

1　A「山田さんは　どんな　人　ですか。」
B「いつも　（　　　）　たのしい　人です。

1　げんき　　2　げんきが　　3　げんきで　　4　げんきに

2　A「わたしは　あつい　なつが　だいすきです。」
B「そうですか。わたしは　あまり　あつくない　（　　）　いいですね。」

1　が　　2　から　　3　より　　4　ほうが

3　ホテルの　へやは　（　　）　きれいでした。
1　ひろい　　2　ひろくて　　3　ひろかった　　4　ひろいの

4　わたしは、かれは　いくと　（　　）　。
1　つもりです　　2　おもいます　　3　たいです　　4　ほしいです

もんだい２　＿★＿に　入る　ものは　どれですか。１・２・３・４から　いちばん　いいものを　一つ　えらんで　ください。

1　A「この　ちかくに　とても　＿＿　＿＿　＿★＿　＿＿　ありますよ。」
B「じゃ、そこに　いきましょう。」

1　こうえん　　2　しずかで　　3　が　　4　きれいな

2　A「タクシーは　はやいですが、たかいですよ。バスで　いきませんか。」
B「わたし　＿＿　＿＿　＿★＿　＿＿　いいので、タクシーで　いきたいです。」

1　はやい　　2　が　　3　は　　4　ほう

22 勇敢去追夢吧！

ボーナスが　出るまで　がまんする　つもりだよ。

看圖記單字
絵を見て覚えよう

▶ T 22.1 聽聽看！再大聲唸出來

1 歩(ある)く／走路	5 読(よ)む／閱讀	9 寝(ね)る／睡覺	13 洗(あら)う／洗滌
2 走(はし)る／跑步	6 書(か)く／書寫	10 飛(と)ぶ／飛翔	14 泳(およ)ぐ／游泳
3 聞(き)く／聽	7 立(た)つ／站立	11 飲(の)む／喝	15 歌(うた)う／歌唱
4 話(はな)す／說話	8 座(すわ)る／坐	12 食(た)べる／吃	16 浴(あ)びる／淋，浴

文法重點提要

- □ けど
- □［名詞］より［形容詞］です
- □［動詞辞書形／ない形］ つもりです
- □ でも
- □［句子］わ

靈活運用
応用編

▶ T 22.2 現在最想要的東西是什麼呢？跟同伴練習下面的對話吧！

A：家電で　今　何が　いちばん　ほしい？

在所有的家電用品裡，你現在最想要什麼？

B：そうだね。新しい　扇風機と　スマホが　ほしいな。

讓我想想哦……，我想要一台新的電風扇和智慧型手機吧。

A：「いちばん」よ。新しい　扇風機と　スマホと　どっちが　ほしい？

只能挑「最想要的」唷。新的電風扇和智慧型手機，你最想要哪一樣？

B：うーん、扇風機も　ほしいけど、スマホの　ほうが　いいな。今　使っている　携帯より　いろんな　ことが　できるから。

唔……，雖然想要電風扇，不過還是選智慧型手機比較好吧。比我現在用的手機還能做更多事情。

A：ほしいのは　もう　決まって　いるの？

你已經挑好想買的款式了嗎？

B：うん。でも、ボーナスが　出るまで　がまんする　つもりだよ。今の　携帯でも、ネットは　できるから。どうして　そんな　こと　聞くの？

嗯。可是，在領到獎金之前，我打算先忍一忍。反正現在用的這支也能上網。為什麼要問這個？

A：誕生日に　プレゼントするわ。

我要送你當作生日禮物嘛。

B：ええっ、本当に？　ありがとう。

嗄？真的嗎？謝謝！

文法重點說明

1 **扇風機(せんぷうき)も　ほしいけど……**（雖然想要電風扇……）

「けど」表示話說到一半，是一種委婉敘述理由，說明情況的表現。

今日(きょう)は　父(ちち)は　いませんけど。（我父親今天不在家……）

これは　高(たか)いと　思(おも)いますけど。（我覺得應該很貴……）

2 **今(いま)　使(つか)っている　携帯(けいたい)より　いろんな　ことが　できるから。**（比我現在用的手機還能做更多事情。）

「[名詞] より [形容詞] です」表示對兩件性質相同的事物進行比較後，選擇前者。「より」後接的是性質或狀態。如果兩件事物的差距很大，可以在「より」後面接「ずっと」來表示程度很大。可譯作「…比…」。

飛行機(ひこうき)は、船(ふね)より　速(はや)いです。（飛機比船還快。）

この　ビルは、あの　ビルより　高(たか)いです。（這棟大廈比那棟大廈高。）

3 **ボーナスが　出(で)るまで　がまんする　つもりだよ。**（在領到獎金之前，我打算先忍一忍。）

「[動詞辭書形 / ない形] つもりです」表示打算作某行為的意志。這是事前決定的，不是臨時決定的，而且想做的意志相當堅定。可譯作「打算」、「準備」。相反地，不打算的話用「動詞ない形＋つもり」的形式。

今年(ことし)は　車(くるま)を　買(か)う　つもりです。（我今年準備買車。）

夏休(なつやす)みには　日本(にほん)へ　行(い)く　つもりです。（暑假打算去日本。）

4 **誕生日(たんじょうび)に　プレゼントするわ。**（我要送你當作生日禮物嘛。）

「[句子] わ」表示自己的主張、決心、判斷等語氣。女性用語。在句尾可使語氣柔和。可譯作「…啊」、「…呢」、「…呀」。

私(わたし)も　行(い)きたいわ。（我也好想去啊！）

早(はや)く　休(やす)みたいわ。（真想早點休息呀！）

對話練習
話してみよう

▶ T 22.3　A 您最喜歡哪位明星呢？跟同伴練習下面的對話吧！

A：**俳優**(はいゆう)では、**誰**(だれ)が　いちばん　好(す)きですか。

演員中，你最喜歡誰？

B：**木村拓哉**(きむらたくや)が　好(す)きです。いちばん　**かっこういい**と　思(おも)います。

最喜歡木村拓哉，我覺得他最帥氣。

A：私(わたし)は　**韓国**(かんこく)の　**ユチョンさん**が　いちばん　好(す)きです。**演技**(えんぎ)**が**
うまいからです。

我最喜歡韓國的朴有天，因為他演技很好。

B：ああ、**日本**(にほん)**では**　**韓流**(かんりゅう)**が**　**ブームですね**。

啊！日本現在很哈韓呢。

A：近(ちか)いうちに　韓国(かんこく)に　行(い)くつもりです。

我打算最近去一趟韓國呢。

MEMO

▶ 好好表現一下囉！請參考上方的對話，可試試套用下列理由，或自由發揮，跟同伴聊聊你喜歡哪個藝人吧！

1 歌(うた)が　うまい／歌唱得好
2 目(め)が　きれい／眼睛漂亮
3 唇(くちびる)が　セクシー／嘴唇性感
4 気品(きひん)に　あふれる／氣質出眾
5 声(こえ)が　いい／聲音好聽
6 スタイルが　いい／身材好

▶ T 22.4 **B** 請參考圖 1 對話，然後跟同伴練習圖 2 到 6 。

歌手／歌が　好きだ
（歌手／喜歡唱歌）

モデル／おしゃれが　好きだ
（模特兒／喜愛時尚）

ツアーガイド／旅行が　好きだ
（導遊／喜歡旅行）

スポーツ選手／かっこういい
（運動員／帥氣，酷）

専業主婦／幸せな　家庭を
つくりたい
（專職的主婦／想組一個幸福的家庭）

小学校の　先生／
子どもが　好きだ
（小學老師／喜歡小孩）

練習しよう

A：将来、何に　なりたいですか。
你將來想做什麼？

B：歌手に　なりたいと　思って　います。
我想當歌手。

A：どうしてですか。
為什麼？

B：歌が　好きだからです。
因為我喜歡唱歌。

▶▶ 其它參考對話詳見P150

聽力練習
聞き取り練習

▶ T 22.5 人們在比較東京和紐約，請根據MP3中答話者的想法，在某種社會情況比較多的方格內打勾。

LISTENING

1. 交通事故（こうつうじこ）／交通意外

☐ 東京（とうきょう）／東京
☐ ニューヨーク／紐約

2. 犯罪（はんざい）／犯罪

☐ 東京（とうきょう）／東京
☐ ニューヨーク／紐約

3. 離婚（りこん）／離婚

☐ 東京（とうきょう）／東京
☐ ニューヨーク／紐約

▶▶ 答案詳見P150

▶ 小專欄

您知道日本人目前養的貓狗數是多少嗎？根據日本2012年的官方統計，日本國內貓狗的飼養數量高達兩千一百多萬隻。不過，日本2013年人口數調查發現，小孩（未滿15歲）人口數僅一千六百多萬人，竟然還比貓狗的飼養數量還少呢！

以前常看到媽媽疼愛小孩的畫面，現在大概更容易看到主人呵護寵物的畫面吧！難怪，日本政府會為少子化如此傷透腦筋了。不管是小貓、小狗或是小孩，都有他們可愛的地方。不過，養寵物跟生小孩一樣，都得付起相當大的責任喔！千萬別因為一時興起，買了貓、狗來養，等到興致一過就隨意扔棄，那可是遭老天處罰的喔！

讀解練習
読んでみよう

▶ 請閱讀以下短文，試著回答下列問題。

閱讀

4月に、大学生に　なります。大学では、中国語を　勉強するつもりです。外国語の中では、中国語に　一番興味が　あるからです。ただ、中国語と　英語と　どちらのほうが　仕事の　役に　立つか　分かりませんけれど、父が、興味が　あるのを　勉強した　ほうが　いいだろうと　言いました。父の　言葉は　うれしかったです。

1 この人は、どうして　中国語を　勉強する　つもりですか。

❶ 自分が　やりたいからです。　❷ 仕事の　役に　立つからです。
❸ 英語を　やるより　いいからです。　❹ 父が　中国語を　勧めたからです。

2 この　人の　父は　何を　言いましたか。

❶ 仕事の　役に　立つ　ものを　勉強した　ほうが　よい。
❷ 中国語は　仕事の　役に　立つので　勉強した　ほうが　よい。
❸ 自分が　勉強したい　ものを　勉強した　ほうが　よい。
❹ 英語の　勉強は　しない　ほうが　よい。

翻譯　解答

4 月份，我即將成為大學生。我打算在大學讀中文，因為在所有的外語中，我對中文最有興趣。只不過，雖然不知道中文跟英文哪個對工作比較有幫助，但爸爸說要讀有興趣的比較好。爸爸的話讓我很開心。

---

1 這個人為什麼打算讀中文呢？

❶ 因為自己想要學。　❷ 因為對工作有幫助。
❸ 因為比學英文好。　❹ 因為爸爸建議讀中文。

2 這個人的爸爸說了什麼呢？

❶ 要讀對工作有幫助的比較好。　❷ 因為中文對工作有幫助，所以讀中文比較好　。
❸ 最好是讀自己想讀的。　❹ 最好不要讀英文。

答案：1 1，2 3

Lesson 22

N5單字總整理！

剛上完一課，快來進行單字總復習！
在日檢考試前，幫您做好萬全準備！

MEMO

感嘆詞及接續詞

● ああ
(〈表示驚訝等〉啊，唉呀；哦)

● あのう
(喂，啊；嗯〈招呼人時，說話躊躇或不能馬上說出下文時〉)

● いいえ
(〈用於否定〉不是，不對，沒有)

● ええ
(〈用降調表示肯定〉是的;〈用升調表示驚訝〉哎呀)

● さあ
(〈表示勸誘，催促〉來;表躊躇，遲疑的聲音)

● じゃ／じゃあ(那麼〈就〉)

● そう
(〈回答〉是，不錯；那樣地，那麼)

● では
(那麼，這麼說，要是那樣)

● はい
(〈回答〉有，到;〈表示同意〉是的)

● もしもし(〈打電話〉喂)

● しかし(然而，但是，可是)

● そうして／そして
(然後，而且；於是；以及)

● それから
(然後；其次，還有;〈催促對方談話時〉後來怎樣)

● それでは
(如果那樣；那麼，那麼說)

● でも
(可是，但是，不過；就算)

模擬考題

一、文字、語彙問題

もんだい１（　　）に　なにを　いれますか。１・２・３・４から　いちばん　いいものを　ひとつ　えらんで　ください。

① わたしは　まいあさ　しんぶんを　よみます。（　　）、かいしゃに　いきます。
1　しかし　　2　それから　　3　でも　　4　それでは

② がくせいだった　ころは、よく　ほんを　よみました。（　　）　この　ごろは　よみません。

1　それでは　　2　それから　　3　しかし　　4　そして

③ 10じに　なりました。（　　）テストを　はじめましょう。
1　でも　　2　しかし　　3　どうも　　4　それでは

もんだい２　＿＿＿＿の　ぶんと　だいたい　おなじ　いみの　ぶんが　あります。１・２・３・４から　いちばん　いいものを　ひとつ　えらんで　ください。

Ⓠ せんげつ　コップを　むっつ　かいました。そして、こんげつも　コップを　みっつ　かいました。

1　ぜんぶで　コップを　ななつ　かいました。
2　ぜんぶで　コップを　ここのつ　かいました。
3　ぜんぶで　コップを　やっつ　かいました。
4　ぜんぶで　コップを　とお　かいました。

二、文法問題

もんだい１　（　　）に　何を　入れますか。１・２・３・４から　いちばん　いいものを　一つ　えらんで　ください。

① わたしは　いぬ（　　）　ねこの　ほうが　すきです。
1　から　　2　は　　3　より　　4　が

② わたしの　兄は　父（　　）　せが　高いです。
1　まで　　2　から　　3　より　　4　ほう

③ わたしの　ちちは　ははより　3さい　（　　）です。

1　たかい
2　ひくい
3　わかい
4　はやい

④ わたしは　いしゃに　なる（　　）です。

1　たがる
2　たい
3　つもり
4　ほしい

もんだい2　＿＿★＿＿に　入る　ものは　どれですか。1・2・3・4から　いちばん　いいものを　一つ　えらんで　ください。

① A「あしたは　でんしゃで　いきますか。バスで　いきますか。」

B「バス　＿＿＿　＿＿＿　＿★＿　＿＿＿　が　はやいですから、でんしゃで

いきましょう。」

1　でんしゃ
2　ほう
3　の
4　より

② 田中「まいにち　あついですね。」

山田「そうですね。でも、きょねん　＿＿＿　＿＿＿　＿★＿　＿＿＿　あつかった

ですよ。」

1　もっと
2　は
3　より
4　ことし

參考對話／翻譯／解答

Chapter 12

填填看

A.

答案：1－イ、2－ウ、3－エ

1 そこは　静かです。苦瓜が　有名です。
／那裡很安靜。以產苦瓜出名。

2 夏は　涼しく、冬は　とても　寒い　ところです。雪祭りが　有名です。
／夏天很涼，冬天很冷的地方。以雪祭出名。

3 そこは　きれいです。金閣寺が　有名です。
／那裡很美麗。以金閣寺出名。

B.

1 A：浅草は　どうでしたか。
／淺草如何？
B：人が　多かったです。にぎやかでした。
／人很多。很熱鬧。

2 A：箱根は　どうでしたか。
／箱根如何？
B：緑が　多かったです。とても　きれいでした。
／綠意盎然，很美麗。

3 A：沖縄は　どうでしたか。
／沖繩如何？
B：空気が　よかったです。町は　とても　静かでした。
／空氣很好，鎮上很安靜。

4 A：みなとみらいは　どうでしたか。
／橫濱港未來區如何？
B：建物が　きれいでした。町は　とても　新しかったです。
／建築物很美麗。城鎮很新。

5 A：京都は　どうでしたか。
／京都如何？
B：お寺が　多かったです。人は　とても　親切でした。
／寺廟很多，人很親切。

6 A：後楽園は　どうでしたか。
／後樂園如何？
B：桜が　きれいでした。おもしろかったです。
／櫻花很美。很好玩。

對話練習

2 A：日曜日、名古屋へ　行きました。
／星期日我去了名古屋。
B：誰と　行きましたか。
／跟誰去呢？
A：妹と　行きました。
／跟妹妹去。
B：何で　行きましたか。
／怎麼去呢？
A：新幹線で　行きました。妹とは　よく　いっしょに　旅行します。
／坐新幹線去。我常跟妹妹一起去旅行。

3 A：日曜日、横浜へ　行きました。
／星期日我去了橫濱。
B：誰と　行きましたか。
／跟誰去呢？
A：彼と　行きました。
／跟男朋友去。
B：何で　行きましたか。
／怎麼去呢？
A：車で　行きました。横浜では　彼の　両親とも　会いました。
／開車去。在橫濱也見了男朋友的爸媽。

4 A：日曜日、九州へ　行きました。
／星期日我去了九州。
B：誰と　行きましたか。
／跟誰去呢？
A：同僚と　行きました。
／跟同事去。
B：何で　行きましたか。
／怎麼去呢？
A：飛行機で　行きました。空港へは　電車で　行きました。
／坐飛機去。到機場是坐電車去的。

Chapter 13

對話練習

2 A：高橋さん、どんな　食べ物が　好きですか。
／高橋小姐喜歡吃什麼呢？

B：すき焼きが　好きです。
／我喜歡吃壽喜燒。

A：とんかつは　どうですか。
／那炸豬排呢？

B：そうですね。とんかつは　ちょっと……。
／嗯，炸豬排就不太喜歡……。

A：では、日曜日　すき焼きを　食べましょう。
／那麼，我們星期日去吃壽喜燒吧！

3 A：高橋さん、どんな　お酒が　好きですか。
／高橋小姐喜歡喝什麼酒呢？

B：ワインが　好きです。
／我喜歡喝葡萄酒。

A：ビールは　どうですか。
／那啤酒呢？

B：そうですね。ビールは　ちょっと……。
／嗯，啤酒就不太喜歡……。

A：では、日曜日　ワインを　飲みましょう。
／那麼，我們星期日去喝葡萄酒吧！

4 A：高橋さん、どんな　花が　好きですか。
／高橋小姐喜歡什麼花呢？

B：ゆりが　好きです。
／我喜歡百合花。

A：ばらは　どうですか。
／那玫瑰花呢？

B：そうですね。ばらは　ちょっと……。
／嗯，玫瑰花就不太喜歡……。

A：では、日曜日　ゆりを　買いましょう。
／那麼，我們星期日去買百合花吧！

連連看

答案：1－ア、2－ウ、3－イ、4－エ

1 A：鈴木さんは　釣りが　上手ですか。
／鈴木小姐很會釣魚嗎？

B：いいえ、上手では　ありません。
／不，不太會。

A：料理は　どうですか。
／那做菜呢？

B：料理は　上手です。
／很會做菜。

2 A：アリさんは　ゲームが　上手ですか。
／阿里先生很會打電玩嗎？

B：いいえ、上手では　ありません。
／不，不太會。

A：釣りは　どうですか。
／那釣魚呢？

B：釣りは　上手です。
／很會釣魚。

3 A：青木さんは　料理が　上手ですか。
／青木小姐很會做菜嗎？

B：いいえ、上手では　ありません。
／不，不太會。

A：ピアノは　どうですか。
／那鋼琴呢？

B：ピアノは　上手です。
／很會彈鋼琴。

4 A：かつお君は　ピアノが　上手ですか。
／勝男很會彈鋼琴嗎？

B：いいえ、上手では　ありません。
／不，不太會。

A：ゲームは　どうですか。
／那打電玩呢？

B：ゲームは　上手です。
／很會打電玩。

聽力練習

答案：

ゴルフを　する

歌を　歌う

中山 √
橋本

ギターを　弾く

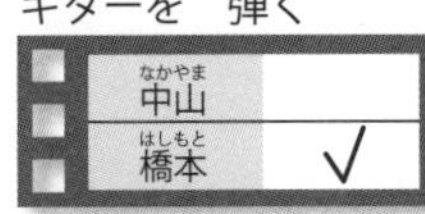

料理を　する

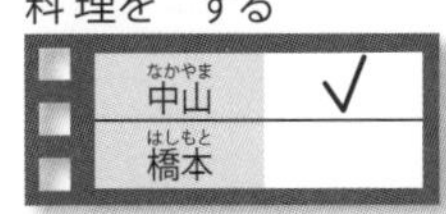

B：中山さんの　ご趣味は　何ですか。
／中山小姐有什麼嗜好嗎？

A：歌を　歌うことと、料理を　することですね。橋本さんは。
／唱歌跟做菜。橋本先生呢？

B：僕は　ゴルフを　することと、ギターを　弾くことですね。
／我是打高爾夫球跟彈吉他。

A：ゴルフは　私も　ときどき　接待で　やります。
／我偶爾接待客戶的時候也會打高爾夫球。

Chapter 14

聽力練習

㋑ ご飯	㋗ 紅茶
㋛ おかゆ	㋕ パン
㋔ コーヒー	㋒ みそ汁
㋘ ケーキ	㋐ 魚
㋓ 卵	㋙ つけ物
㋖ ベーコン	㋚ ピーナッツ

Chapter 15

聽力練習ア

1　1388	**4　1952**
2　1826	**5　2010**
3　1818	**6　2161**

聽力練習イ

A：林さん、生年月日を　お願いします。
／林先生，麻煩給我出生年月日。
B：１９７８年5月8日です。
／1978年5月8日。
A：楊さん、生年月日を　お願いします。
／楊小姐，麻煩給我出生年月日。
B：１９８９年6月10日です。
／1989年6月10日。
A：渡辺さん、生年月日を　お願いします。
／渡邊先生，麻煩給我出生年月日。
B：１９６３年3月4日です。
／1963年3月4日。
A：田中さん、生年月日を　お願いします。
／田中先生，麻煩給我出生年月日。
B：１９８０年9月1日です。
／1980年9月1日。
A：青木さん、生年月日を　お願いします。
／青木小姐，麻煩給我出生年月日。
B：１９７５年7月２８日です。
／1975年7月28日。

對話練習

2　A：お誕生日は　いつですか。
／你生日是什麼時候？
B：4月3日です。
／4月3日。
A：星座は　何座ですか。
／什麼星座呢？
B：魚座です。
／雙魚座。
A：魚座は　どんな　性格ですか。
／雙魚座是什麼樣的個性？
B：やさしい　人が　多いです。
／多半都很溫柔。
A：やさしい　人は、幸せに　なりますよ。
／溫柔的人會得到幸福喔！

3　A：お誕生日は　いつですか。
／你生日是什麼時候？
B：8月１9日です。
／8月19日。
A：星座は　何座ですか。
／什麼星座呢？
B：獅子座です。
／獅子座。
A：獅子座は　どんな　性格ですか。
／獅子座是什麼樣的個性？
B：明るい　人が　多いです。
／多半都很開朗。
A：明るい　人は、人気者になりますよ。
／開朗的人很受歡迎喔！

4　A：お誕生日は　いつですか。
／你生日是什麼時候？
B：11月２４日です。
／11月24日。
A：星座は　何座ですか。
／什麼星座呢？
B：射手座です。
／射手座。
A：射手座は　どんな　性格ですか。
／射手座是什麼樣的個性？
B：誠実な　人が　多いです。
／多半都很誠實。
A：誠実な　人は、よい夫や　妻に　なりますよ。
／誠實的人會成為好先生、好妻子喔！

說說自己

2 A：私は　もうすぐ　25歳です。誕生日は来月の　8月8日です。性格は　明るいです。登山と　カラオケが　好きです。朝は早く　起きませんが、登山の　ときは、早く起きます。
／我快25歲了。生日是下個月的8月8日。我性格開朗。喜歡爬山和唱卡拉OK。早上不會早起，但要爬山的時候，就會早起。

3 A：私は　もうすぐ　30歳です。誕生日はあさっての　10月30日です。性格は　おとなしいです。読書と　映画が　好きです。来週、新しい　映画が　始まるので、楽しみです。
／我快30歲了。生日是後天的10月30日。我性格溫順。喜歡閱讀和電影。下禮拜有新電影上映，我很期待。

4 A：私は　もうすぐ　20歳です。誕生日は　来週の　7月10日です。性格は　少し　のんびり屋です。釣りと　絵が　好きです。この前、大きな　魚を　上手に　釣りました。
／我快20歲了。生日是下禮拜的7月10日。我性格有些無拘無束。喜歡釣魚和繪畫。前一陣子，我擅長釣大魚。

Chapter 16

聽力練習ア

1 赤い　かばん
／紅色包包

2 黒い　ズボン
／黑色褲子

3 緑の　コート
／綠色外套

4 紫の　スカート
／紫色裙子

5 黄色い　帽子
／黃色帽子

6 青い　服
／藍色衣服

7 白い　くつした
／白色襪子

8 ピンクの　くつ
／粉紅色鞋子

對話練習ア

ア A：佐藤さんは　どの　人ですか。
／佐藤先生是哪一位？
B：あの　青い　背広の　人です。
／那位穿藍色西裝的。
A：何を　して　いますか。
／他在做什麼呢？
B：電話を　かけて　います。
／在打電話。

イ A：青木さんは　どの　人ですか。
／青木先生是哪一位？
B：あの　緑の　シャツの　人です。
／那位穿綠色襯衫的。
A：何を　して　いますか。
／他在做什麼呢？
B：ネットサーフィン中です。
／在上網。

ウ A：マリさんは　どの　人ですか。
／瑪麗小姐是哪一位？
B：あの　ピンクの　服の　人です。
／那位穿粉紅色衣服的。
A：何を　して　いますか。
／她在做什麼呢？
B：国の　家族に　手紙を　書いて　います。
／在寫信給家鄉的家人。

エ A：中山さんは　どの　人ですか。
／中山先生是哪一位？
B：あの　白い　シャツの　人です。
／那位穿白色襯衫的。
A：何を　して　いますか。
／他在做什麼呢？
B：前の　人と　話して　います。
／在跟前面的人說話。

聽力練習イ

答案：アー3、イー8、ウ6

イ A：その　女は　30歳ぐらいです。
／那位女性大約30歲。
B：髪の　毛は　白いですか。
／頭髮是白色嗎？
A：いいえ、違います。
／不，不是。
B：背は　高いですか。
／個子高嗎？
A：いいえ、高く　ありません。それから、ミニスカートを　はいて　います。
／不，不高。還有，穿著迷你裙。

ウ　A：その　男(おとこ)は　50 歳(ごじゅっさい)ぐらいです。
／那位男性大約 50 歲。

B：髪(かみ)の　毛(け)は　黒(くろ)いですか。
／頭髮是黑色嗎？

A：いいえ、違(ちが)います。
／不，不是。

B：背(せ)は　低(ひく)いですか。
／個子矮嗎？

A：いいえ、低(ひく)く　ありません。それから、めがねを　かけて　います。
／不，不矮。還有，有戴眼鏡。

エ　A：その　女(おんな)は　30 歳(さんじゅっさい)ぐらいです。
／那位女性大約 30 歲。

B：髪(かみ)の　毛(け)は　茶色(ちゃいろ)ですか。
／頭髮是茶色嗎？

A：いいえ、違(ちが)います。
／不，不是。

B：背(せ)は　高(たか)いですか。
／個子高嗎？

A：いいえ、高(たか)く　ありません。それから、左(ひだり)の目尻(めじり)に　ほくろが　あります。
／不，不高。還有，她左眼眼尾有一顆痣。

對話練習イ

2　A：どうしました。
／怎麼了？

B：うちの　娘(むすめ)が　いません。
／我家女兒不見了。

A：どんな　服(ふく)を　着(き)て　いますか。
／穿什麼衣服呢？

B：ピンクの　ゆかたで、それから　赤(あか)い　帯(おび)をしめて　います。
／粉紅色的浴衣，還繫著紅色腰帶。

A：おいくつですか。
／請問幾歲呢？

B：10 歳(じゅっさい)です。
／十歲。

A：ちょっと、待(ま)って　ください。この　子(こ)ですか。
／等一下。是這個孩子嗎？

B：あ、桜(さくら)ちゃん。よかった。
／啊！小櫻啊！菩薩保佑！

3　A：どうしました。
／怎麼了？

B：うちの　おじいちゃんが　いません。
／我家阿公不見了。

A：どんな　服(ふく)を　着(き)て　いますか。
／穿什麼衣服呢？

B：緑(みどり)の　着物(きもの)で、それから　頭(あたま)が　はげて　います。
／綠色的和服，他還有禿頭。

A：おいくつですか。
／請問幾歲呢？

B：８２歳(はちじゅうにさい)です。
／ 82 歲。

A：ちょっと、待(ま)って　ください。この　おじいちゃんですか。
／等一下。是這位阿公嗎？

B：あ、おじいちゃん。よかった。
／啊！阿公啊！菩薩保佑！

4　A：どうしました。
／怎麼了？

B：うちの　おばあちゃんが　いません。
／我家阿嬤不見了。

A：どんな　服(ふく)を　着(き)て　いますか。
／穿什麼衣服呢？

B：青(あお)い　和服(わふく)で、それから　刺繍(ししゅう)が　してある帯(おび)を　しめて　います。
／藍色的和服，還繫著繡紋腰帶。

A：おいくつですか。
／請問幾歲呢？

B：80 歳(はちじゅっさい)です。
／ 80 歲。

A：ちょっと、待(ま)って　ください。この　おばあちゃんですか。
／等一下。是這位阿嬤嗎？

B：あ、おばあちゃん。よかった。
／啊！阿嬤啊！菩薩保佑！

Chapter 17

對話練習

2 A：いらっしゃいませ。何に　なさいますか。
／歡迎光臨。您要點什麼？

B：ラーメンと　そばを　ください。
／給我們拉麵跟蕎麥麵。

A：お飲み物は　何に　なさいますか。
／您要點什麼飲料？

B：日本酒の　小瓶を　1本　ください。
／給我們一瓶小瓶日本酒。

A：はい、かしこまりました。
／好的。

3 A：いらっしゃいませ。何に　なさいますか。
／歡迎光臨。您要點什麼？

B：すき焼きと　しゃぶしゃぶを　ください。
／給我們壽喜燒跟涮涮鍋。

A：お飲み物は　何に　なさいますか。
／您要點什麼飲料？

B：梅サワーを　2杯　ください。
／給我們兩杯梅子沙瓦。

A：はい、かしこまりました。
／好的。

4 A：いらっしゃいませ。何に　なさいますか。
／歡迎光臨。您要點什麼？

B：カツ丼と　親子丼を　ください。
／給我們炸豬排蓋飯和雞肉蓋飯。

A：お飲み物は　何に　なさいますか。
／您要點什麼飲料？

B：焼酎の　水割りを　1杯　ください。
／給我一杯燒酒套水。

A：はい、かしこまりました。
／好的。

聽力練習

1 A：よく　お酒を　飲みますか。
／你常喝酒嗎？

B：いいえ、全然　飲みません。
／不，完全不喝。

2 A：よく　スポーツを　しますか。
／你常運動嗎？

B：いいえ、あまり　しません。
／不，不常。

3 A：よく　果物を　食べますか。
／你常吃水果嗎？

B：ときどき　食べます。
／偶爾吃。

4 A：よく　野菜を　食べますか。
／你常吃蔬菜嗎？

B：ええ、よく　食べますよ。
／是的，我常吃。

5 A：お肉は　どうですか。
／那肉呢？

B：ときどき　食べます。
／偶爾吃。

Chapter 18

對話練習ア

2 A：どんな　スポーツが　好きですか。
／你喜歡什麼運動呢？

B：バスケットボールが　好きです。
／我喜歡打籃球。

A：1週間に　何回　バスケットボールを　しますか。
／一個禮拜打幾次籃球呢？

B：3回ぐらいです。だいたい、水曜日と　土曜日と　日曜日です。水曜日は　会社に　来る　前に　少し　1人で　練習するだけですが、土曜日と　日曜日は　仲間たちと　練習します。
／大約三次。大概都是星期三、星期六和星期日。星期三到公司前，會一個人稍微練一下球，星期六和星期日則會跟朋友一起練球。

3 A：どんな　スポーツが　好きですか。
／你喜歡什麼運動呢？

B：ゴルフが　好きです。
／我喜歡打高爾夫球。

A：1週間に　何回　ゴルフを　しますか。
／一個禮拜打幾次高爾夫球呢？

B：1回ぐらいです。だいたい、日曜日です。朝ご飯の　後で　すぐに　出かけて　1日　やります。
／大約一次。大概都是星期日。吃完早餐後，會馬上出去打一整天。

4 A：どんな　スポーツが　好きですか。
／你喜歡什麼運動呢？
B：水泳が　好きです。
／我喜歡游泳。
A：1週間に　何回　水泳を　しますか。
／一個禮拜游幾次呢？
B：2回ぐらいです。だいたい、火曜日と　金曜日です。仕事が　終わったあとで　市民センターの　プールに　行っています。
／大約兩次。大概都是星期二和星期五。下班後，會到市民中心游泳池游。

對話練習イ

2 A：私は　ピクニックが　好きです。月　1回ぐらい　行きます。
／我喜歡野餐。一個月大約去一次。
B：どうしてですか。
／為什麼？
A：楽しいですから。
／因為很開心。

3 A：私は　海外旅行が　好きです。年　2回ぐらい　行きます。
／我喜歡去國外旅行。一年大約去二次。
B：どうしてですか。
／為什麼？
A：海外は　おもしろいですから。
／因為國外很有趣。

4 A：私は　ドライブが　好きです。週　1回ぐらい　します。
／我喜歡開車兜風。一週大約兜風一次。
B：どうしてですか。
／為什麼？
A：ストレス解消に　なりますから。
／因為可以消除壓力。

5 A：私は　お祭りが　好きです。年　4回ぐらい　見ます。
／我喜歡廟會。一年大約看四次。
B：どうしてですか。
／為什麼？
A：にぎやかですから。
／因為很熱鬧。

6 A：私は　お花を　見るのが　好きです。春、夏、秋、冬と、年　4回ぐらい　行きます。
／我喜歡賞花。春夏秋冬一年大約賞四次。
B：どうしてですか。
／為什麼？
A：お花が　好きですから。
／因為我喜歡花。

Chapter 19

對話練習ア

2 A：すみません、黒い　手帳が　ほしいです。
／麻煩一下，我要買黑色的記事簿。
B：これは　いかがですか。
／這個如何？
A：ちょうどいい　サイズですね。
／大小剛好呢！

3 A：すみません、黒い　携帯が　ほしいです。
／麻煩一下，我要買黑色的手機。
B：これは　いかがですか。
／這個如何？
A：ちょっと　地味ですね。
／稍微素了一些！

4 A：すみません、黒い　パソコンが　ほしいです。
／麻煩一下，我要買黑色的筆記型電腦。
B：これは　いかがですか。
／這個如何？
A：高いですね。
／太貴了！

5 A：すみません、青い　マニキュアが　ほしいです。
／麻煩一下，我要買藍色的指甲油。
B：これは　いかがですか。
／這個如何？
A：おしゃれですね。
／很時尚耶！

6 A：すみません、赤い　口紅が　ほしいです。
／麻煩一下，我要買紅色的口紅。
B：これは　いかがですか。
／這個如何？
A：色が　いいですね。
／顏色挺好的嘛！

7　A：すみません、緑の　歯ブラシが　ほしいです。
／麻煩一下，我要買綠色的牙刷。

B：これは　いかがですか。
／這個如何？

A：ユニークですね。
／很特別嘛！

8　A：すみません、黄色い　カップが　ほしいです。
／麻煩一下，我要買黃色的杯子。

B：これは　いかがですか。
／這個如何？

A：かわいいですね。
／很可愛嘛！

對話練習イ

A.

2　A：すみません、あの　マウスは　いくらですか。
／不好意思，那個滑鼠多少錢？

B：８百円です。
／８百日圓。

A：かっこういいですね。でも、ちょっと　重いです。もう　少し　軽いのは　ありませんか。
／是很好看啦。可是，不怎麼滑，有沒有滑一點的？

3　A：すみません、あの　スカートは　いくらですか。
／不好意思，那件裙子多少錢？

B：６百円です。
／６百日圓。

A：安いですね。でも、ちょっと　短いです。もう　少し　長いのは　ありませんか。
／很便宜，但是，有些短。有沒有稍微長一點的？

B.

2　A：上品な　スーツですね。
／好有品味的套裝。

B：青いのと　グレーのと　どっちの　ほうが　好きですか。
／藍的跟灰的，你喜歡哪個？

A：青い　ほうが　好きです。
／我喜歡藍的。

B：これは　高いですね。
／這好貴。

A：ウールですから。
／因為是羊毛製的。

3　A：かわいい　ズボンですね。
／好可愛的褲子。

B：緑のと　白いのと　どっちの　ほうが　好きですか。
／綠的跟白的，你喜歡哪個？

A：緑の　ほうが　好きです。
／我喜歡綠的。

B：これは　高いですね。
／這好貴。

A：麻ですから。
／因為是麻製的。

聽力練習

答案：１－ウ、２－イ、３－エ、
４－ア、５－カ、６－オ

1　A：ハクション、ハクション、くしゃみと　鼻水が　出て　困っています。風邪薬を　ください。
／哈啾、哈啾，一直打噴嚏跟流鼻水真傷腦筋，我要感冒藥。

B：風邪薬ですね。はい、お大事に。
／感冒藥啊！這給你，請多保重。

2　A：この　コーヒー　あまり　おいしくないです。しかたがないから、砂糖と　ミルクを　入れて　ごまかします。
／這咖啡不怎麼好喝。沒辦法，只好加些砂糖跟牛奶朦混一下。

B：でも、この　紅茶は　おいしいですよ。
／可是這紅茶很好喝哦！

3　A：あのう、これ、おいくらですか。
／請問，這多少錢？

B：航空便ですね。
／空運是嗎？

A：ええ。
／是的。

4　A：すみません、「鉄道の友」の　先月号は、まだ　ありますか。
／不好意思，請問還有上個月號的《鐵道之友》嗎？

B：すみません、もう　店頭には　ありません。取り寄せましょうか。
／不好意思，目前本門市沒有庫存。要不要幫您調貨呢？

5　A：すみません、あの　赤い　スカートを　見せて　ください。
／不好意思，給我看一下那件紅色的裙子。

B：はい、どうぞ。
／好的，請。

A：いいですね。妹の　誕生日に　あげるので、きれいに　包んで　ください。
／不錯耶！這是要送給我妹當生日禮物的，請幫我漂亮地包裝起來。

6　A：やすいよ、やすいよ、トマトが　百円です。
／便宜、便宜，蕃茄一百日圓。

B：トマト　ください。
／我想買蕃茄。

A：はい、いくつですか。
／好的，您要幾顆呢？

B：三つ　ほしいです。
／我想要三顆。

Chapter 20

答案：　お金－３　花－８

聽力練習

A.

答案：１－イ、２－ア、３－ア、４－ア

1　この　道を　まっすぐ　行って、それから次の　角を　左に　曲がって　ください。銀行は　左に　あります。
／這條路直走，在下一個轉角左轉。銀行就在左邊。

2　この　道を　まっすぐ　行って　ください。銀行は　この　道の　突き当たりに　あります。
／這條路直走，銀行就在這條路的盡頭。

3　この　道を　まっすぐ　行って、それから２つ目の　信号を　左に　曲がって　ください。銀行は　右に　あります。
／這條路直走，在第二個紅綠燈左轉。銀行就在右邊。

4　この　道を　まっすぐ　行って、それから２つ目の　交差点を　右に　曲がって　ください。銀行は　右に　あります。
／這條路直走，在第二個十字路口右轉。銀行就在右邊。

B.

1　答案：４３５２１
郵便局までの　行き方を　説明します。この道を　まっすぐ　行って、１つ目の　交差点を右に　曲がって　ください。大きい　病院があります。病院の　となりが　郵便局です。
／現在將說明到郵局的去法。這條路直走，在第一個十字路口右轉。你會看到一家大醫院，郵局在醫院隔壁。

2　答案：２－３１５２４
スーパーまでの　行き方を　説明します。この　道を　まっすぐ　行って、１つ目の　角を　右に　曲がって　ください。突き当たりに　大きな　デパートが　あります。デパートの　となりが　スーパーです。
／現在將說明到超市的去法。這條路直走，在第一個轉角右轉。然後，盡頭可以看到一家大百貨公司，超市在百貨公司隔壁。

Chapter 21

對話練習ア

2　A：1DKの　アパートを　借りたいです。
／我想租一房一廳一廚的公寓。

B：こちらは　どうですか。安くて　静かですよ。
／這間如何？又便宜又安靜。

A：そうですね。
／挺不錯的嘛！

B：収納も　便利ですよ。
／收納也很方便喔！

A：でも、ちょっと　狭いですね。こちらは１ヶ月……。
／可是，有些小。這裡一個月要……。

B：６万円です。
／六萬日圓。

A：もう　少し　広いのは　ありませんか。
／有沒有稍微大一點的呢？

3　A：3LDKの　一軒家を　借りたいです。
／我想租三房兩廳一廚的透天厝。

B：こちらは　どうですか。新しくて　いいですよ。
／這間如何？又新又挺好的。

A：そうですね。
／挺不錯的嘛！

B：天井も　高いですよ。
／天花板也很高喔！

A：でも、ちょっと　駅から　遠いですね。こちらは　1ケ月……。
／可是，離車站有點遠耶！這裡一個月要……。

B：16万円です。
／十六萬日圓。

A：もう　少し　駅に　近いのは　ありませんか。
／有沒有離車站稍微近一點的呢？

聽力練習

答案：

2　A：素敵な　和室ですね。
／真是雅緻的和室！

B：ええ、畳で、壁に　絵が　あって、こんな　部屋に　住みたいです。
／是啊！又有榻榻米，牆上又有畫，真想住這樣的房間。

3　A：いい　書斎ですね。
／真是典雅的書房！

B：ええ、広くて、本が　たくさん　あって、こんな　部屋で　勉強したいです。
／是啊！又寬敞，書又多，真想在這樣的房間讀書。

4　A：古い　アパートですね。
／真是老舊的公寓！

B：ええ、暗くて、狭いです。こんな　家には　住みたくないです。
／是啊！又暗又窄，真不想住這樣的家。

對話練習イ

2　A：どんな　町に　住みたいですか。北海道ですか。沖縄ですか。
／你想住什麼樣的城鎮？北海道嗎？沖繩嗎？

B：北海道に　住みたいと　思います。
／我想住北海道。

A：どうしてですか。
／為什麼？

B：草原が　広がって、いろんな　花が　咲いて　いますから。
／因為不僅有廣大的草原，而且綻放著各式各樣的花。

3　A：どんな　町に　住みたいですか。香港ですか。北京ですか。
／你想住什麼樣的城市？香港嗎？北京嗎？

B：北京に　住みたいと　思います。
／我想住北京。

A：どうしてですか。
／為什麼？

B：町が　広くて、いろんな　文化財が　ありますから。
／因為市街不僅寬廣，而且有各式各樣的國家級文物。

4　A：どんな　ところに　住みたいですか。田舎ですか。都会ですか。
／你想住什麼樣的地方？鄉下嗎？都市嗎？

B：田舎に　住みたいと　思います。
／我想住鄉下。

A：どうしてですか。
／為什麼？

B：人が　親切で、緑が　いっぱい　ありますから。
／因為人又親切，而且四處都是綠油油的。

造句練習

1. 1DKの　アパートを　借りたいです。
／我想租一房一廳一廚的公寓。
2. どんな　町に　住みたいですか。
／你想住什麼樣的城鎮?
3. 人が　親切で、緑が　いっぱい　ありますから。
／因為人很親切，而且四處都是綠油油的。

對話練習ウ

2　A：将来、どんな　家に　住みたいですか。
／將來，你想住什麼樣的家？

B：山の　中の　コテージに　住みたいです。
／我想住山上的小木屋。

A：どうしてですか。
／為什麼？

B：空気が　おいしいほうが、健康に　いいからです。
／因為空氣清新對健康比較好。

A：どんな　家が　理想ですか。
／什麼樣的家是你夢寐以求的呢？

B：窓の　向こうに　草原が　広がって、牛が　草を　食べて　いて……。
／窗前有片大草原，又有牛在吃草……。

3 A：将来どんな　家に　住みたいですか。
／將來，你想住什麼樣的家？
B：郊外の　豪邸に　住みたいです。
／我想住郊外的別墅。
A：どうしてですか。
／為什麼？
B：ヨーロッパ風の　大きな　家に　住みたいからです。
／因為我想住歐式的大房子。
A：どんな　家が　理想ですか。
／什麼樣的家是你夢寐以求的呢？
B：広い　庭を　犬が　走って　いて、プールが　あって……。
／寬大的庭院裡有狗在跑，又有游泳池……。

4 A：将来どんな　家に　住みたいですか。
／將來，你想住什麼樣的家？
B：田舎の　大きな　家に　住みたいです。
／我想住鄉下的大房子。
A：どうしてですか。
／為什麼？
B：一戸建ての　ほうが　すてきだからです。
／因為我認為透天厝比較棒。
A：どんな　家が　理想ですか。
／什麼樣的家是你夢寐以求的呢？
B：田んぼに　かこまれて、鳥の　声が　聞こえて……。
／四邊是稻田，又可以聽到鳥叫聲……。

Chapter 22

對話練習

B.

2 A：将来、何に　なりたいですか。
／你將來想當什麼？
B：モデルに　なりたいと　思って　います。
／我想當模特兒。
A：どうしてですか。
／為什麼？
B：おしゃれが　好きだからです。
／因為我喜歡穿得漂漂亮亮的。

3 A：将来、何に　なりたいですか。
／你將來想當什麼？
B：ツアーガイドに　なりたいと　思って　います。
／我想當導遊。
A：どうしてですか。
／為什麼？
B：旅行が　好きだからです。
／因為我喜歡旅行。

4 A：将来、何に　なりたいですか。
／你將來想當什麼？
B：スポーツ選手に　なりたいと　思って　います。
／我想當運動員。
A：どうしてですか。
／為什麼？
B：かっこういいからです。
／因為很酷。

5 A：将来、何に　なりたいですか。
／你將來想當什麼？
B：専業主婦に　なりたいと　思って　います。
／我想當專職的主婦。
A：どうしてですか。
／為什麼？
B：幸せな　家庭を　つくりたいからです。
／因為我想要組一個幸福的家庭。

6 A：将来、何に　なりたいですか。
／你將來想當什麼？
B：小学校の　先生に　なりたいと　思って　います。
／我想當小學老師。
A：どうしてですか。
／為什麼？
B：子どもが　好きだからです。
／因為我喜歡小孩。

聽力練習

1 答案：☑東京
A：東京と　ニューヨークと　どちらの　ほうが　交通事故が　多いですか。
／東京跟紐約，哪邊交通事故比較多？
B：そうですね。ニューヨークより　東京の　ほうが　多いだろうと思います。
／我想想看，我想應該是東京比較多吧！

2　答案：☑ ニューヨーク

A：東京（とうきょう）と　ニューヨークと　どちらの　ほうが　犯罪（はんざい）が　多（おお）いですか。

／東京跟紐約，哪邊犯罪比較多？

B：そうですね。東京（とうきょう）より　ニューヨークのほうが　多（おお）いだろうと思（おも）います。

／我想想看，我想應該是紐約比較多吧！

3　答案：☑ ニューヨーク

A：東京（とうきょう）と　ニューヨークと　どちらの　ほうが　離婚（りこん）が　多（おお）いですか。

／東京跟紐約，哪邊離婚率比較高？

B：そうですね。東京（とうきょう）より　ニューヨークのほうが　多（おお）いだろうと思（おも）います。

／我想想看，我想應該是紐約比較多吧！

模擬考題解答

第十二章

一、文字、語彙問題

もんだい1

1 1 2 4 3 2 4 4 5 2 6 3

もんだい2

1 2 2 1

もんだい3

1 1 2 4

二、文法問題

もんだい1

1 1 2 2 3 3 4 1 5 4 6 2

もんだい2

1 2

答え：ともだちと　デパート　へ　かいもの　に　いきました。

2 3

答え：長くて　きれい　な　髪ですね。

第十三章

一、文字、語彙問題

もんだい1

1 2 2 4 3 3 4 2 5 3 6 4

もんだい2

1 3 2 3

二、文法問題

もんだい1

1 3 2 2 3 3 4 2 5 1 6 3

もんだい2

1 3

答え：これは　きょねん　わたしが　アメリカ　へ　いった　とき　に　とった　しゃしん　です。

1 1

答え：これは　つかうのが　むずかしいですね。もっと　べんりな　の　が　いいです。

第十四章

一、文字、語彙問題

もんだい1

1 1 2 1 3 3

もんだい2

[1] 3　[2] 3

もんだい3

[1] 3　[2] 4

二、文法問題

もんだい1

[1] 1　[2] 2　[3] 3　[4] 3　[5] 4　[6] 3　[7] 4　[8] 3　[9] 4　[10] 3

もんだい2

[1] 3

答え：まだ　かんたんな　かんじ　しか　わかりません。

[2] 2

答え：なつやすみ　に　うみ　か　やま　へ　あそびに　いきませんか。

[3] 4

答え：これが　ジョンさん　の　描いた　絵ですか。

第十五章

一、文字、語彙問題

もんだい1

[1] 3　[2] 3　[3] 3　[4] 1　[5] 2　[6] 3　[7] 3　[8] 1　[9] 4　[10] 4

二、文法問題

もんだい1

[1] 3　[2] 4　[3] 2　[4] 2　[5] 3　[6] 2　[7] 4　[8] 2　[9] 4

もんだい2

[1] 2

答え：よるに　なりましたから、ラジオ　の　おと　を　ちいさく　しましょう。

[1] 4

答え：きょうは　ごごから　あめ　に　なりましたが、かさが　ありませんでした。

第十六章

一、文字、語彙問題

もんだい1

[1] 1　[2] 2　[3] 2　[4] 4　[5] 2　[6] 3　[7] 3　[8] 2　[9] 3　[10] 4

二、文法問題

もんだい1

[1] 4　[2] 1　[3] 1　[4] 2　[5] 3　[6] 3　[7] 4　[8] 2

もんだい2

[1] 2　[2] 2

もんだい3

[1] 1

[2] 3

第十七章

一、文字、語彙問題

もんだい1

1 1　2 2　3 1　4 1　5 3

もんだい2

1 1

二、文法問題

もんだい1

1 2　2 2　3 4　4 1　5 3　6 1　7 3

もんだい2

1 1

答え：すずき　じろう　と　いう　ひと　を　しって　いますか。

2 1

答え：いえ、いま　きょうしつ　に　は　だれ　も　いませんよ。

3 4

答え：山田さんは　きのう　どこ　か　へ　でかけましたか。

もんだい3

1 4　2 3　3 2

第十八章

一、文字、語彙問題

もんだい1

1 4　2 1

もんだい2

1 2　2 3　3 3　4 1

二、文法問題

もんだい1

1 4　2 2　3 1　4 2

もんだい2

1 1

答え：原田さん　は　1しゅうかん　に　何かい　そとで　ばんごはんを　たべますか。

2 1

答え：すみません。かぜで　あたまが　いたいです。いま　は　だれ　と　も　はなしたく　ありません。

3 1

答え：おひるごはん　の　あと　で　こうえん　を　さんぽ　しませんか。

第十九章

一、文字、語彙問題

もんだい 1

1 2　2 1　3 1

もんだい 2

1 4　2 4

もんだい 3

(1)

1 3　2 2

(2)

1 4　2 3　3 4

二、文法問題

もんだい 1

1 3　2 2　3 3　4 4　5 2

もんだい 2

1 2

答え：A「きのうは　おそく　まで　しごと　を　して　とても　つかれました。

2 3

答え：わたしは　もっと　ちいさくて　かるい　の　が　ほしいです。

もんだい 3

1 4　2 3　3 3

第二十章

一、文字、語彙問題

もんだい 1

1 3　2 3　3 2　4 3

もんだい 2

1 3　2 3

二、文法問題

もんだい 1

1 3　2 4　3 3　4 2　5 2

もんだい 2

1 3

答え：いいですね。それでは、デパート　まで　は　バス　で　いって、それから　あるいて　えいがかんへ　いきましょう。

2 2

答え：へやの　そうじを　して　から　デパート　へ　かいものに　いきました。

もんだい 3

1 2　2 3

第二十一章

一、文字、語彙問題

もんだい1

1 2　2 4　3 2　4 3　5 1

もんだい2

1 2　2 4　3 4

二、文法問題

もんだい1

1 3　2 4　3 2　4 2

もんだい2

1 1

答え：この　ちかくに　とても　しずかで　きれいな　こうえんが　ありますよ。

2 4

答え：わたし　は　はやい　ほう　が　いいので、タクシーで　いきたいです。

第二十二章

一、文字、語彙問題

もんだい1

1 2　2 3　3 4

もんだい2

1 2

二、文法問題

もんだい1

1 3　2 3　3 3　4 3

もんだい2

1 3

答え：バス　より　でんしゃ　の　ほう　が　はやいですから、でんしゃで　いきましょう。

2 3

答え：そうですね。でも、きょねんは　ことし　より　もっと　あつかったですよ。

（16K+QR Code_線上音檔）

發 行 人……林德勝

著　　者……吉松由美、田中陽子、西村惠子、大山和佳子、林勝田　合著

出版發行……山田社文化事業有限公司
106台北市大安區安和路一段112巷17號7樓
Tel：02-2755-7622
Fax：02-2700-1887

郵政劃撥……19867160 號　大原文化事業有限公司

網路購書……日語英語學習網 http://www.stsdaybooks.com

經 銷 商……聯合發行股份有限公司
新北市新店區寶橋路235巷6弄6號2樓
Tel：02-2917-8022
Fax：02-2915-6275

印　　刷……上鎰數位科技印刷有限公司

法律顧問……林長振法律事務所　林長振律師

書+QR碼線上音檔……新臺幣360元
出 版 年……2024年12月 初版
ISBN ……978-986-246-869-2

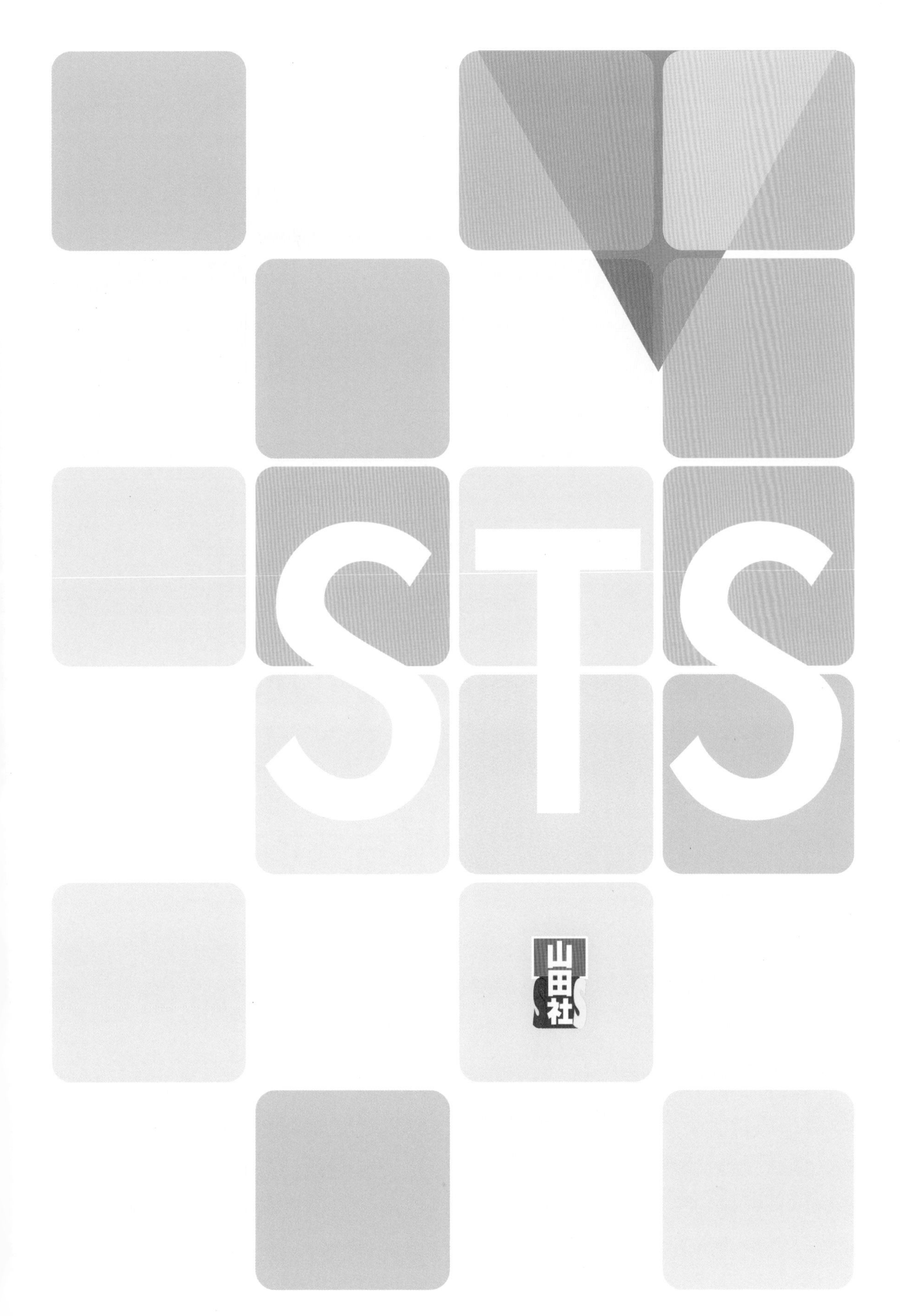
STS
山田社

STS
山田社